KB105193

책(冊)은 마음의 선물입니다.
책을 선물하는 당신, 당신은 아름답습니다.
당신의 따뜻한 마음을
소중한 그 분에게 전하세요. *^^*

From _____

To _____

알맹이 없는 자는 따르지 마라

초판1쇄 인쇄 ㅣ 2014년 01월 20일
초판1쇄 발행 ㅣ 2014년 01월 27일

출판등록 번호 ㅣ 제2006-38호
출판등록 번호 ㅣ 2006년 8월 1일
사업자등록번호 ㅣ 206-92-86713

ISBN ㅣ 978-89-94716-08-4 03810

주소 ㅣ 138-877 서울특별시 송파구 한가람로 414, 1204
       (풍납동, 갑을아파트)
전화 ㅣ (02) 2294-9105
팩스 ㅣ 070-8802-6103

Email ㅣ morning@morningbooks.co.kr

지은이 ㅣ 방 훈

펴낸곳 ㅣ 아침풍경
펴낸이 ㅣ 김성규

편집디자인 ㅣ 이선화
표지디자인 ㅣ 이선화

이 책의 출판권은 아침풍경이 가지고 있습니다.
이 책의 일부 또는 전체에 대한 무단 복제 및 전재를 금합니다.

도서 가격은 뒤표지에 있습니다.

※ 잘못된 책은 바꿔 드립니다.

Published by AchimPoongKyung Co., Ltd. Printed in Korea

우리가 몰랐던 역사 속 이야기들!!
우리 조상들의 멋들어진 사랑과 지혜 그리고 풍자!!

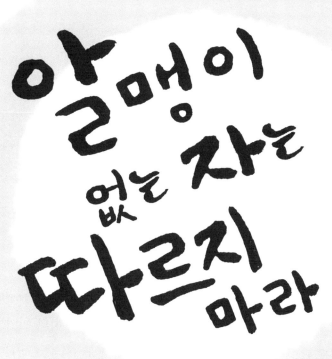

알맹이 없는 자는 따르지 마라

방훈 저

머리말

　역사속의 숨은 이야기를 읽고 배우는 것은 역사 속에 숨겨져 있던 진실들을 제대로 알고 이를 현실에서 제대로 활용하기 위해서다.

　아마도 링컨 대통령의 어린 시절에 대한 이야기를 많이 들었을 것이다. 어린 링컨은 벚나무를 실수로 자르고 그 실수를 어떤 벌을 무릎 쓰고도 밝혔다는 이야기다. 그러나 이 이야기도 실제로 있었던 일은 아니다. 훗날 전기 작가가 대통령의 어린 시절을 쓰다 더 많은 감동을 주기 위해 만들어낸 이야기다.

　그러나 우리는 이런 이야기를 진실로 받아들이고 있다. 역사 속의 거짓들이 진실이 되어버리는 현실이다. 그래도 위의 이야기는 후세들에게 해를 주지 않는 이야기이지만 우리나라에서는 친일파들이 독립유공자로 분류되고 또 왜곡된 많은 이야기들이 만들어 졌다. 이름도 없이 조국을 위해 싸우다 죽은 사람들이 숱하지만 제 한 몸 편하자고 일제에 협력한 사람이 어떻게 독립유공자로 분류되어 역사를 오도하는지 정말 알 수가 없다.

이래서 우리가 역사를 알더라도 그 속에 숨어있는 이야기를 알아야 한다. 어떤 때는 정사보다도 야사가 더 진실에 가까운 경우도 많다. 역사속의 이야기들을 배울지라도 우리는 정말로 지혜로워야 한다. 우리가 진실이라고 생각한 게 어느 한 순간 거짓으로 밝혀질 수도 있다.

　정말로 지혜로운 자는 책이나 글을 읽지만 그것을 전부 진실로 받아들이기 보다는 자기가 살아온 경험이나 주위의 많은 환경들을 고려하여 신중하게 책이나 글을 판단한다.

차례

첫 번째 이야기
알맹이 없는 자는 따르지 마라

속절없이 세월은 흘러 섣달도 가고 정월 하순으로 접어들었다. 그동안 김삿갓은 가련이와 정을 나누느라 겨울이 가는 줄도 모르고 있었다.

인근 고을 화류계에서는 김삿갓의 이야기가 심심찮게 오르내리고 있었는데 그가 어느 대감의 서자라는 둥 기생의 아들이라는 둥 사람들은 자기들이 추측한 것을 사실인 것처럼 말했다. 그러나 누구보다도 눈살을 찌푸리고 있는 것은 서진사 일당들이었다.

"그놈이 가련이 기둥서방이 되었다는군."

"그래 기둥서방 노릇이나 하고 있는 놈을 훈장으로 그대로 앉혀 놓고 있다니 사또도 참 한심한 양반이야."

서진사 일당은 사또까지 욕했다. 선비란 모름지기 군자지도를 걸어야 함은 물론이며 더구나 훈장은 행실이 좋아야 하는 법인데 김삿갓처럼 기생과 놀아나고 있는 놈을 어떻게 훈장 자리에 앉혀놓을 수 있느냐는 이야기였다.

그러나 정작 사또는 이런 소문에 대해 초연했다.

"사내대장부가 기방 출입하는 것이 뭐가 허물이 된다는 말이냐?"

그는 수하 사람들이 소문을 듣고 아뢰는 말에 대하여 이같이 잘라 말했을 뿐만 아니라 김삿갓에게 직접 이렇게 묻기도 했다.

"김훈장, 가련이와의 재미는 어떻소? 내 이곳에 부임할 당시 그 애를 불러 수청을 들도록 할까 생각도 하였소만 워낙 갓 피어난 꽃 같아서 성큼 꺾기가 아까웠소. 그래서 내 딴에는 아꼈는데 임자가 따로 있었구려."

김삿갓은 사또의 말을 듣고 머리를 조아렸다.

"사또 나리의 심중을 헤아리지 못하고 제가 큰 죄를 지은 모양입니다. 용서하소서."

그러나 사또는 이 말을 듣고 펄쩍 뛰었다.

"아니 그게 무슨 말이오? 원래 인연이란 정해져 있는 법. 사람의 힘으로 어쩔 수 없는 것 아니오. 아무튼 김훈장이 외롭지 않게 되었으니 내가 한시름 놓게 되었소이다."

사실 사또는 김삿갓과 가련이가 좋아지내고 있다는 말을 듣고 내심 안도의 숨을 내쉬었다. 그도 그럴 것이 김삿갓의 학문으로 보아 이런 조그마한 고을에서 훈장 노릇이나 하고 있을 사람 같지가 않았기 때문이었다. 자식이 훌륭한 스승을 모셨다고 기뻐할 때마다 사또는 김삿갓이 훌쩍 떠나지 않을까 하고 조바심이 났다. 이런 차에 가련이와 좋아지낸다는 소문을 들은 사또는 아무쪼록 김삿갓이 가련이 때문에라도 오래 눌러 있기를 바라고 있었다. 그러니 사또가 어찌 서진사 일당의 불평에 현혹되어 김삿갓을 욕할 수 있겠는가. 김삿갓은 항간의 소문을 잘 알고 있었다. 그러나 그런 것에 마음 쓸 그가 아니었다.

그날 밤도 김삿갓은 선규의 공부를 끝마치고 가련의 집을 찾았다. 그동안 그는 가련의 입을 통하여 그녀의 내력을 알게 되었다. 가련의 아버지는 원래 박척 고을의 수령이었는데 가련은 소실 몸에서 태어났다. 그러니까 첩의 자식인 셈이다. 불행히도 수령이 일찍 죽자 본실 자식들의 괄시가 이만저만이 아니었다. 참다못한 그녀는 열다섯 살이 되던 해에 어머니를 모시고 평양으로 훌쩍 떠나왔다. 첩의 자식이 별수 있겠느냐는 생각에서 차라리 기생이 되기로 마음먹은 것이었다.

가련이 비록 첩의 소생이라고는 하나 양반집 딸이라 어려서부터 사서삼경을 배웠고 예의범절을 몸에 익혔을 뿐만 아니라 또한 뛰어나게 예뻐 평양의 으뜸가는 교방敎坊_기생 수업을 시키는 일종의 기생 학교에서 욕심을 냈다.

그곳에서 가련은 일 년 동안 가무와 창과 거문고 등을 배우고 동기로 입적을 하였으나 어머니 슬하에 있다가 이곳으로 떠나왔다고 했다. 그러니까 비록 기생이었지만 근본은 양반인 것이다. 김삿갓은 가련의 처지가 어쩐지 자기와 비슷하다고 생각되었다. 소실의 자식이라는 그 한 가지 때문에 규수로서 꽃다운 인생을 살지 못하고 기생으로 전락한 그녀의 팔자나 조부가 역적이라는 이유 때문에 청운의 큰 뜻을 이루지 못하고 방랑 과객이 되어 버린 자기 처지나 좌절이라는 인생의 절벽에 같이 서 있는 셈이었다. 그래서 김삿갓은 가련을 진심으로 사랑했다. 여느 때와 마찬가지로 가련은 김삿갓을 기쁘게 맞이했다.

"별일 없는가?"

김삿갓은 방안으로 들어서면서 인사말을 건넸다.

"서방님은요?"

"나야 무사태평이지."

"무슨 말씀 못 들으셨어요? 서진사 일당들이 서방님 때문에 연일 무슨 쑥덕공론을 한다고 해요. 오늘 밤은 우리 집으로 모이겠다고 전갈까지 보내 왔어요."

"아니 그 작자들이 어째서?"

김삿갓의 두 눈이 반짝 빛났다.

"전에도 저의 집에서 가끔 술을 마시긴 하였지요. 그러다가 서방님이 출입하시면서 발길을 딱 끊더니 별안간 전갈이 온 거예요."

"무슨 수작을 하려는 모양이군. 하긴 서진사 일당이 나를 못마땅하게 생각하는 것도 이해는 할 수 있지. 특히 서진사로 말할 것 같으면 마음에 두고 있던 자네를 빼앗기고, 사또와의 교분도 멀어졌으니 절치부심 할 걸세."

두 사람이 이렇게 이야기를 하고 있는데 하인이 밖에서 아뢰었다.

"손님이 오셨습니다, 아씨."

"누구냐?"

"서진사와 친구 분들입니다요."

"그래 어디로 모셨느냐?"

"예, 아씨를 찾기에 손님이 오셔서 같이 계시다고 아뢰었습지요. 별채로 모셨습니다."

"알았다. 그분들 식성을 알고 있는 터이니 술상 소홀히 보지 말라고 부엌에 일러라."

가련은 이렇게 이르고 나서 김삿갓을 바라보았다.

"장사는 해야 할 것인즉 그쪽으로 나가 보는 게 좋을 것 같군."

"상관없어요."

"상관없는 게 아닐세. 돈을 벌어야 먹고사는 법일세, 사람은 고운 사람 미운 사람이 있지만 돈이야 뉘 돈이 되었든 밉고 고울 게 없지."

"하지만 소첩의 예상이 이상해요. 저들이 술만 먹으러 온 것 같지가 않아요."

"그럼 행패라도 부리러 왔단 말인가?"

"행패는요. 어쩌면 서방님이 여기 계신 줄 알고 한번 맞닥뜨려 볼

심산인지도 몰라요."

"그럼 좋지. 내 뭐 구릴 게 있어야지."

"그럼 제가 한번 나가볼게요."

가련은 조용히 밖으로 나갔다. 별채에는 역시 서진사를 위시해서 원생원, 문첨지, 조석사 등이 딱 버티고 앉아 있는데 웬 낯선 선비의 얼굴이 보였다.

"가련이가 서방을 얻더니 더욱 예뻐지는구나."

서진사가 먼저 입을 열었다.

"하하하하, 계집이란 원래 사내 맛을 알면 푹 익어 버리는 법이지."

문첨지가 이렇게 거들자 나머지 사람들은 뭐가 좋은지 낄낄거렸다.

"그래 맛이 어떻더냐?"

이야기가 노골적으로 음탕해졌다.

"아이, 진사 어른 두. 아직 덜 익었는지 시고 떨떨해요."

"떨떨해? 그렇다면 아직 덜 익었지. 그럼 물씬 익은 내 것도 맛보려무나. 달콤할 게야."

서진사는 실눈을 뜨고 가련을 노려보듯 하였다. 농담만은 아닌 것 같았다.

"진사님, 익는 것도 정도가 있습니다. 덜 익어도 시고 떨떨하지만 너무 익으면 구린 법이에요."

"그럼 내가 너무 익었단 말이냐?"

"그건 감정을 해봐야지요."

"어떻게?"

"한번 내놔 보셔요."

"에끼 이년!"

주중에는 다시 폭소가 터졌다. 그저 음양에 관한 말이라면 예나 지금이나 좋은 모양이었다.

"그래 김훈장은 와 있느냐?"

서진사가 물었다.

"네, 계시옵니다."

가련은 솔직하게 말했다.

"그럼 우리가 온 것도 알고 있느냐?"

"네, 쉰네가 말씀드렸습니다."

"그럼 강짜를 부렸겠군."

"그분은 그런 사람이 아닙니다."

"아따 고년, 기둥서방이라고 무던히도 감싸고도는구나."

서진사의 이 말은 가련의 오장육부를 흔들어 놓았다. 그러나 그녀는 꾹 눌러 참으면서 한술 더 떴다.

"기둥서방이 강짜를 부려서야 어디 기생 서방 노릇을 할 수 있겠습니까? 그저 강 건너 불구경하듯 해야지요."

"하하하하, 그럼 내 너를 품에 안아도 괜찮으렷다."

"기생이란 원래 화초가 아니옵니까? 꺾어 간직하는 사람이 임자올시다.”

가련이 남자를 다루는 수완은 보통이 아니었다.

“가련아, 오늘 우리가 네 집에 온 것은 술도 마실 겸, 김훈장의 시
문도 감상할 겸 겸사로 왔으니 어서 김훈장 보고 이 방으로 건너
오라 일러라.”

사실 서진사 등은 미리 계획이 있어서 가련의 집으로 온 것이었
다. 김삿갓이 올 것을 미리 예상했던 것이었다. 이들 일행 중 낮선
인물은 관북지방에서는 내로라하는 시객이었다. 함흥에 살고 있는
그는 집안 또한 부유해서 일찍이 북경에까지 유학하여 공부를 했다
는 소문이었다. 서진사는 이 선비를 특별히 초청하여 김삿갓과 시를
겨루게 함으로써 그의 콧대를 꺾으려는 계획이었다. 가련이 머슴을
시켜 김삿갓을 불러오라 이르자 하인은 지체 없이 내당으로 달음질
쳐 들어갔다.

“훈장님, 훈장님.”

밖에서 들려오는 하인의 숨넘어가는 목소리를 듣고 김삿갓은 방
문을 열었다.

“무슨 일이냐?”

“별당으로 오시라는 전갈입니다요.”

“거긴 누가 있는데?”

“서진사 외에 여러 분이 계십니다.”

김삿갓은 이상한 생각이 들어 다시 물었다.

"네가 다 알고 있는 사람들이더냐?"

"네 분은 잘 알고 있는 어른이신데 한 분은 처음 뵙는 어른이십니다요."

"낯선 얼굴이 있단 말이지?"

"예, 그렇습니다요."

"알았다. 내 가마."

김삿갓은 곰곰이 생각했다. 첫째로 자기를 눈에 가시처럼 생각하고 있는 서진사가 초청하는 것이 이상했고, 둘째로는 낯선 사람이 끼어있다는 것이 이상했다. 머리가 재빨리 돌아가는 김삿갓은 어렵지 않게 그들의 저의를 알아차렸다.

'보아하니 낯선 사람은 글줄이나 아는 사람으로 서진사가 그의 힘을 빌려 나에게 앙갚음을 하려고 하는구나!'

그렇다면 결론은 간단하였다. 더 길게 끌 것도 없이 일격에 박살을 내리라 마음먹었다. 그가 별채로 들어가자 서진사가 의외로 반가이 맞아주었다.

'흥, 양두구육羊頭狗肉 양의 머리를 걸어 놓고 개고기를 판다는 뜻으로, 겉보기만 그럴듯하게 보이고 속은 변변하지 아니함을 이르는 말 같은 놈'

김삿갓은 속으로 욕을 했지만 내색은 하지 않았다.

"그래 김훈장 요즘 재미는 어떠시오?"

서진사가 야릇하게 웃으면서 인사를 건넸다.

"염려해 주시는 덕분으로 잘 지내고 있습니다."

김삿갓의 의례적인 인사가 끝나자 서진사가 다시 입을 열었다.

"김훈장을 부른 것은 좋은 분을 소개시켜 드릴까 해서요. 저분은 이 관북지방에서 제일가는 명문장가로 그 명성이 높으신 분입니다. 두 분이 좋은 상대가 될 것 같아 일부러 모시고 왔소이다."

"저를 그토록 생각해 주시니 감사하기 그지없습니다."

김삿갓은 서진사에게 치하를 하고 나서 새로 온 손님에게 먼저 인사를 했다.

"원로에 오시느라고 수고가 많으셨겠습니다. 소생은 김립이라 합니다. 많은 가르침이 있으시기 바랍니다."

그러자 그쪽에서도 인사를 했다.

"김선생의 말씀은 익히 들었소이다. 저는 이재욱이라고 합니다."

김삿갓은 이재욱이라는 선비의 얼굴을 바라보았다. 갸름한 얼굴에 나이는 서른이 좀 넘어 보였고 귀공자다운 기품이 서려 있었다. 저런 사람이 어쩌다가 서진사 등과 같은 알맹이가 없는 자들과 어울리게 되었는지 알다가도 모를 일이었다.

주안상이 나오고 술이 몇 순배 돌아가자 서진사라 말을 꺼냈다.

"자, 김훈장 시 한 수 지어 보시구려. 이선비가 무척 궁금해 하고 있을 게요."

김삿갓은 더 이상 그들과 자리를 같이 하고 싶지 않았다. 그래서 처음 생각대로 박살을 내리라 작정을 하고 즉시 붓을 들었다.

일출하니 원생하고
묘과하니 서진사라
황혼에 문첩지하고
야출에 조석사라

해가 뜨니 원숭이가 언덕으로 나오고
고양이가 지나가면 쥐는 지레 죽는구나.
황혼이 되니 모기는 처마 밑에 모이고
밤이 되자 벼룩이 앉은 자리를 쏘는구나.

얼핏 보면 하루 일과를 풍자적으로 읊은 시였다. 서진사 등은 시를
보고 역시 재치 있는 시라고 탄복을 하면서 이재욱을 바라보았다.

"이선생, 과연 시 솜씨가 보통은 아니지요?"

"한데 어떻단 말이오?"

이재욱은 야릇한 웃음을 머금고 서진사를 바라보았다.

"가만 있자, 무슨 뜻이라니……."

서진사는 다시 눈을 깜박거리며 시를 내려다보았다. 그의 살찐 얼
굴이 차츰 팽팽하게 긴장되어 갔다.

'아니 이건?'

서진사는 눈을 부릅뜨며 김삿갓의 자리를 쳐다보았다. 그러나 언
제 나갔는지 김삿갓은 그 자리에 없었고 대신 그가 앉았던 자리에는

휘갈겨 쓴 쪽지가 있었다.

'이선비, 구름처럼 떠도는 몸이니 언젠가 그대를 다시 만날 날이 있으리라.'

서진사는 물론 좌중의 사람들의 얼굴이 붉으락푸르락 했다.

"아니 그놈이 언제 생쥐처럼 빠져나갔지? 죽일 놈 같으니라고."

서진사는 문쪽을 바라보며 이를 갈았다. 그럴 수밖에 없는 것이 김삿갓의 시가 품고 있는 내용인즉 사실은 지독한 욕설이기 때문이었다. 비록 알맹이는 없어도 재물 덕에 내로라하는 양반 행세를 하는 그들에게는 큰 욕이었다.

"도대체 이 일을 어떡하면 좋겠소?"

숨을 씨근덕거리며 서진사가 이재욱을 바라보면서 물었다.

"김립이라는 사람은 과연 재주가 뛰어난 사람입니다. 뿐만 아니라 오늘 밤 서진사께서 그를 초청한 저의를 알고 있는 듯싶습니다. 그렇지 않고서야 선수를 칠 리가 있겠습니까. 하지만….."

"허허, 그놈한테 또 당했구먼."

하지만 실력이 모자라니 어쩌랴. 이재욱은 김삿갓의 글솜씨가 보통이 아님을 알고 부질없이 서진사 등의 농간에 놀아나 겨루고 싶지가 않았다. 그래서 입 다물고 있으라고 충고한 것이다. 그는 사람을 볼 줄 아는 인물이었다.

열 살 난 왕자의 기지

동부여 금와왕의 궁중에서 어머니 유화부인을 모시고 얹혀살던 주몽은 결국 그의 뛰어난 재주로 말미암아 금와왕의 일곱 아들의 시기를 받아 죽음을 건 망명의 길에 올랐다. 이 야심만만한 망명객 주몽이 동으로 내려와서 세운 나라가 고구려였다.

이런 연유로 해서 고구려는 부여와 밀접한 관계가 있는 나라였다. 더욱이 주몽의 대를 이은 2대 임금인 유리왕도 아버지 주몽이 부여에 남겨 두고 간 아내 예씨의 몸에서 태어나 어릴 적에는 아버지의 얼굴도 모르고 자라다가 장성한 뒤에 아버지 나라로 찾아가서 드디어 왕위를 물려받기도 했다. 이렇게 두 나라의 사이는 큰집, 작은집의 관계라 해도 좋을 처지인데 정작 외교관계는 언제나 험악했다. 그 이유인즉 부여는 항상 자기 나라에서 쫓겨 간 하잘 것 없던 주몽이 세운 나라라고 고구려를 깔보기 일쑤였고, 고구려는 고구려대로 선조를 괄시한 앙심을 풀지 않고 있었다. 그래서 두 나라는 항상 서로 으르렁 거렸다.

유리왕 32년에도 동부여왕 대소가 사신을 보내어 다음과 같이 요구하였다.

"양국이 수교를 맺도록 왕의 아들 한 사람을 볼모로 보내라."

사실 대소는 금와왕의 제1왕자로 주몽을 가장 괄시했고 종내는 죽이려고 했던 장본인이기도 했다. 이런 내력을 잘 알고 있는 유리왕은 속으로는 분이 치밀었지만 그래도 강대국인 부여의 비위를 정면으로 거스를 수는 없었다.

"부여왕이 국교를 이유로 왕자를 한 사람 볼모로 보내라고 하니 어떻게 하면 좋겠소?"

여러 신하를 모아 놓고 묻는 유리왕의 얼굴엔 수심이 가득 차 있었다. 어쩌면 사지가 될지도 모르는 부여로 혈육을 보내야 하다니. 정말 가슴 아픈 일이 아닐 수 없었다.

"안 될 말씀이옵니다. 부여왕 대소로 말하면 흉악하기로 소문난 왕인데 만일 왕자를 보내시면 그것은 이리 입에 어린애를 던지는 것과 같은 일이 될 것입니다."

강력히 반대하는 신하가 입을 열자, 다른 신하가 들고 나섰다.

"부여왕의 청대로 하는 것이 좋을 줄로 아뢰옵니다. 이미 그쪽에서 호의를 요청하는데 이쪽에서 공연히 두려워 할 필요는 없습니다. 부여왕 대소는 본래 흉악한 인물이지만 그때는 철없는 젊은 시절이었습니다. 그도 이제 왕좌에 앉은 지 오래 되었고 나이도 많으니 옛 버릇을 지니고 있다고는 볼 수 없습니다."

이렇게 신하들까지 찬반이 나뉘게 되어 종일 입씨름만 할 뿐 결론이 나질 않았다. 며칠을 두고 의논을 거듭한 끝에 결국 왕의 양자인 도절을 볼모로 보내기로 했다.

도절은 그때 나이 16세, 이제 막 피어나는 홍안의 소년이었다. 왕은 도절을 보내면서 눈물을 감출 수 없었고, 가는 도절도 마치 사지에 가는 것처럼 통곡하면서 부여 사신을 따라 떠났다. 도절이 내키지 않는 걸음으로 부여 사신을 따라 험한 산길을 걸은 지 사흘 만에 어느 조그만 마을에 당도했다. 저녁 무렵이었다. 마을에 들어서자 곧 부여 사신은 그 마을 관원을 불러 숙소를 마련해 달라고 호령을 했다. 아니꼽게 생각한 관원은 그날 초상이 난 집 바로 옆에 숙소를 정해 주었다. 초상난 집이 바로 처마가 맞붙은 옆집이라 울음소리 때문에 도저히 잠을 이룰 수가 없었다. 그래도 돼지같이 미련하게 생긴 부여 사신은 투덜거리다가 밤이 이슥해지자 코를 드르렁거리기 시작했지만, 감정이 예민한 도절 소년은 불안까지 겹쳐서 아무래도 잠이 오지 않았다.

"아이고, 아이고……."

구성지게 울어대는 젊은 여인의 슬픈 곡성은 한결 가슴을 에는 듯 귓가에 맴돌기도 했다.

'부여에 가면 나도 저렇게 죽을 테지…… 아암…… 아무래도 그 놈의 부여왕이 나를 가만 두지 않을 거야. 그러나 내가 죽어도 고향이 수천 리 떨어진 그곳에선 저렇게 울어 줄 사람도 하나 없을 테지…….'

여기에까지 생각이 미치자 도절 소년은 더 견딜 수가 없었다. 부여 사신이 깰세라 가만히 일어나서 문을 열고 살금살금 기어 나왔다. 밖은 보름달이 휘영청 밝았다. 도절은 그 길로 고구려로 돌아와 버렸다. 도절이 도망해 온 걸 본 유리왕은 크게 걱정되었지만 어쩔 도리가 없었다. 애처로워서 크게 꾸짖을 수도 없어 그냥 내버려둘 수밖에 없었다. 한편 부여 사신이 이튿날 깨어 보니 볼모로 데려가던 도절 소년이 도망치고 없는지라 화가 머리끝까지 치밀어서 바삐 부여로 돌아가 대소왕에게 전후 사실을 고해 바쳤다. 사신의 말을 다 듣고 난 대소왕은 어떻게든 고구려를 굴복시키려던 자기 야심이 무너졌는지라 노발대발해서 또다시 힐책하는 사신을 고구려로 보냈다. 부여 사신을 맞은 고구려 조정은 허겁지겁했다. 변명할 말이 없었던 것이다. 유리왕도 장차 사신을 대할 일이 걱정되어,

"어쨌든 사과할 수밖에 없다. 이쪽이 잘못했으니……."

그리고는 한숨을 내몰아 쉬는 것이었다.

그때 곁에서 왕이 속 태워 하는 모습을 본 둘째 왕자 무휼이 부왕의 무릎 앞으로 다가앉으면서 입을 열었다.

"아버님 걱정 마십시오. 제가 그 부여 사신을 만나서 좋은 말로

물리치겠습니다."

"뭐? 네가……."

왕은 어린 왕자의 너무도 대담한 말에 웃음이 나왔다. 그때 무휼의 나이는 10살, 아직도 어리광 피우는 철부지였다. 그러나 어린 왕자는 한사코 부왕께 청을 넣었다.

계책이 궁한 왕은 할 수 없이 어린 왕자 무휼로 하여금 부여 사신과 대면하도록 허락해 주었다. 무휼은 부여 사신의 숙소에 이르러 공손히 절하고선 물었다.

"사신께서는 이번 비국을 찾으신 연유가 어디에 있는지요?"

부여 사신은 어린아이가 와서 제법 정중히 수작을 걸어오므로 농반으로 말했다.

"이번에 내가 너의 나라에 온 것은 너의 나라 왕께 단단히 따지기 위해서 왔다. 네가 아는지는 몰라도 지난번에 우리 대왕께서 호의로 청하신 너의 나라 왕자가 부여에 가는 도중 아무런 이유 없이 도망쳤으니 그럴 수가 있느냐?"

사신의 말이 떨어지자 무휼 왕자는 다시 고쳐 앉아 목청을 가다듬고선, 조리 있게 말했다.

"그 사건은 저도 잘 알고 있습니다. 그러나 허물은 부여왕께 있지 우리 대왕께는 없습니다. 그 이유를 제가 말씀드리지요. 일찍이 우리 선조께서는 나면서 어질고 또 재주가 뛰어나셨거늘 지금의 부여왕께서는 부당하게 괄시하므로 어쩔 수 없이 기회를 타서 이곳으로 피해 오시지 않으셨습니까? 그럼에도 불구하고 부여왕께서는 전의 허물을 생각지 않으시고 다만 군사의 강성함만 믿어, 우리나라를 업신여기시니 청컨대 사신께서는 돌아가서 부여왕께 고하되, 이제 여러 개의 달걀을 포개 놓았으니 만약 부여왕이 능히 그 달걀들을 헐지 않으면 우리가 장차 섬기겠거니와 그렇지 않으면 섬기지 못하겠다고 전해 주시오."

들고 있던 사신은 그만 할 말을 잃고 말았다.

'여러 개의 달걀을 포개 놓았는데 만약 부여왕이 능히 그 달걀을 훼손시키지 않으면 우리가 장차 섬기겠거니와 그렇지 않으면 섬기지 못하겠다.'

이 말의 뜻을 아무리 생각해도 알 수가 없었다. 별 수 없이 부여 사신은 빈손으로 돌아가서 부여왕에게 어린 무휼 왕자의 말을 낱낱이 보고했다.

그러나 부여왕 대소도 그 말의 뜻을 알 수가 없었다. 여러 신하를 불러 놓고 두루 물어봐도 해석하는 자가 없었다. 대소는 전국에 방을 붙였다.

"이 말을 해석하는 자에게 조 백석을 상으로 내리겠노라."

그러던 어느 날 한 노파가 궁문 앞에 나타나서 자기가 그 말의 뜻을 풀겠다고 하여 왕이 그 노파를 궁중에 불러 대답을 들었다.

"여러 개의 달걀을 포개 놓았다는 것은 위태롭다는 뜻이요, 헐지 않는 다는 말은 편안하다는 뜻이니, 그 말의 뜻은 스스로의 위태함을 알지 못하고 공연히 다른 사람에게만 스스로를 섬기라고 강요하니 제발 위태함을 피하고 스스로 편안히 있으라는 뜻이옵니다."

노파의 해석을 들은 대소는 퍽이나 불쾌했다.

"이런 방자한 것이……."

노기등등한 대소는 곧 군사를 일으켜 고구려 정벌의 길에 올랐다.

부여왕 대소의 대군이 쳐들어온다는 소식이 전해지자, 고구려의 온 나라가 발칵 뒤집혔다. 그 당시만 해도 고구려는 건국한지 얼마 안 되는지라 국력이 튼튼하질 못했던 것이다. 이런 소동 속에서도 오직 무휼 왕자만은 태연했다.

그는 곧 부왕 앞에 나아가 자기에게 군사 3백만 주면 대소의 대군을 단숨에 무찌르겠다고 장담했다.

"어린 네가 어떻게 그 강대한 부여 대군을 막는단 말이냐?"

왕은 허락하지 않았다.

"제 나이 비록 어리다고 하시지만 전번에도 제가 나서서 부여 사신을 두말 못하고 돌아가게 하지 않았습니까? 이번에도 저에게 맡겨 주시면 틀림없이 막아내겠습니다. 만일 실패하면 형벌을 달게 받겠습니다."

하루 종일 졸라대므로 끝내 왕도 버티지 못하고 무휼에게 날랜 군사 3백 명을 주어서 부여의 대군을 막게 했다.

무휼은 10살이란 나이에 어울리지 않게 노련한 지휘로 3백 명 군사를 통솔하여 전장으로 나갔다.

처음에는 깔보던 노장군들도 무휼의 지휘하는 태도가 하도 당당해서 모두가 감탄해 마지않았다.

"고구려의 앞길이 저 왕자에게 달렸도다."

백성들도 칭송을 아끼지 않았다.

무휼은 군사를 이끌고 국경선을 향해 가다가 병구란 골짜기에 이르자 군사를 반으로 갈라 그곳에 매복시켜 두고선 반만 거느리고 국경선에 도착했다.

그는 국경선에 도착한 군사들에게 말했다.

"부여 군사가 멀리 보이면 북소리, 징소리, 말굽소리를 요란히 내어 대군이 진군하는 것처럼 하고 가까이 오면 소리 없이 도망쳐 달아나라."

과연 무휼의 말대로 고구려 군사는 멀리 부여 대군이 오는 기미만 보이면 마치 수만 대군이 달려가는 것처럼 요란하게 굴고, 그러다가 정작 부여 군사가 접근해 오면 소리 없이 도망쳐 버렸다.

이런 고구려의 전술에 부여군은 상당히 당황했다.

처음에는 매복계가 아닌가 하고 조심조심 고구려군의 뒤를 따르는 것이었다. 실상 그들은 고구려군의 수가 얼마나 되는지도 알 도리가 없었다. 그래서 조심조심 진격해 와 보니 며칠을 쫓아도 별 신통한 반격이 없는지라, 닷새째 되는 날부터는 마음 놓고 고구려군을 추격했다. 그러던 중 부여군이 고구려군을 쫓아 병구 골짜기에 당도

했다. 이름 그대로 병의 아가리처럼 들어오는 입구는 좁지만 한 번 들어오면 골짜기 속은 수만 군사가 들어 설 수 있는 넓은 터전이었다. 부여 군사는 저마다 공을 세우려고 다투어 병구 골짜기 속으로 뛰어 들었다.

그때였다. 무휼이 앞서 매복시켜 둔 군사들이 일제히 사방에서 함성을 지르며 활을 쏘고, 여태까지 쫓기던 고구려군이 뒤돌아서서 달려들었다.

대소의 대군은 그야말로 독 안에 든 쥐었다.

삽시간에 반 이상이 쓰러지고 죽지 않은 자는 고구려군에게 잡혀, 살아서 본국으로 도망친 자는 대소 이하 몇 십 명밖에 안 되었다.

10살 난 고구려군의 원수 무휼은 이렇게 해서 부여의 대군을 여지없이 무찌르고 보무도 당당하게 개선했다. 이 무휼 왕자가 곧 후의 대무신왕인데 그는 즉위한 지 5년 만에 괴유라는 장수를 얻어 끝내 숙적인 부여왕 대소의 목을 베었다.

봉황재의 은인

고려의 마지막 임금 공양왕을 물리치고 스스로 왕위에 오른 이태
조에게,

"신하된 자가 모시옵던 상감을 물리치고 왕위에 오르심은 도리가
아닐 뿐 아니오라 천추에 오명을 남기는 일이오니 살피시어 옛날
의 장군으로 돌아가시옵소서."

라고 간하다가 이태조가 왕위에 오른 지 3년째 되던 해 스스로 벼슬
을 사양하고 고향인 해주로 낙향한 정이품 좌참찬 최희재 대감은 3
년을 고향땅에서 무료히 지내고 보니 지금은 끼니조차 잇기 어려운
구차한 살림살이를 뼈저리게 맛보게 되었다.

그야 좌참찬 벼슬에 있을 당시, 남들과 같이 물욕지심이 다소라도
있었더라면 순식간에 많은 재물을 얻을 수 있었고, 또 지금이나 앞

날이나 아무런 걱정 없이 여생을 편히 보낼 수 있었겠지만 워낙 청렴강직한데다가 송죽과 같이 곧은 성미라 수없이 들어오는 뇌물을 거들떠보지도 않았던 탓으로 지금의 고생을 겪는 것이었다.

더욱이 황해 관찰사 윤덕겸은 최대감의 수하로 친히 돌보아주던 막역한 사이였으나, 아무리 조석 걱정이 심하더라도 한 번 찾아가보려고도 하지 않고 찾아와 주기를 바라지도 않았다.

그러니 최대감 부인은 속이 상할 대로 상할 수밖에 없었다.

"영감, 앞으로 어떻게 살아나가면 좋단 말이오? 남들과 같이 재물이 많거나, 그렇지 않으면 장성한 자식이라도 있어야 말이지, 이것저것 다 없으니 필경 굶어 죽게 되었소. 여보."

부인이 참다못하여 대감을 졸라대면,

"허, 또 주책없는 소리……. 봄이 되었나 보우, 들에 나가서 맑은 천지를 실컷 구경이나 하고 오구려."

최대감은 이렇듯 딴전을 부렸다.

"마음이 편해야 구경도 하지 않겠소, 그것보다도 영감."

"왜 그러우?"

"우리가 서울서 살 때 하인으로 있던 덕쇠 녀석이 지금 장연서 큰 부자가 되었다우. 영감 말씀대로 봄도 되었으니 바람도 쏘이실 겸 한 번 다녀오시구려. 설마 괄시야 하겠소?"

덕쇠는 최대감의 부인을 따라온 교전비轎前婢 혼례 때 신부가 데리고 가던 계집종의 자식이었다. 그러니까 아주 어렸을 때 어미를 따라 이 집에 와서 장성한 셈이 된다.

다만 대감이 벼슬을 사양하고 귀향할 때 대감이 돌아가라고 해서 부득이 장연으로 가서 사는 것뿐이었다.

"덕쇠가 부자행세를 하면 다행한 일이지, 내가 왜 그 집을 찾아간단 말이오?"

"아이참, 영감두 딱도 하셔라. 황해감사를 찾아가는 것보다 그래도 우리 집에서 자란 덕쇠를 찾아가시면 오죽이나 반가워하겠소? 우리 살림살이가 이렇게 구차스러운데 설마 덕쇠인들 모른 척할 리가 있겠어요?"

"허, 내가 언제 황해감사를 찾아간다고 합디까? 쓸데없는 생각은 그만하고 우리 사는 날까지 살다가 땅에 묻힙시다 그려. 모든 것이 하늘의 뜻이오."

최대감은 더는 듣기 싫다는 듯이 몸을 돌이켜 다시 경서에 눈을 옮겼다.

그 후 부인은 여러 차례 덕쇠를 찾아가기를 진심으로 권하였으나 원래 물욕은 티끌만치도 없는 강직한 성미라, 있으면 먹고 없으면 굶는 한이 있더라도 남에게 구걸을 하거나 도와주기를 바라지 않았다.

육순에 가까운 늙은 몸으로 몸소 논밭을 가꾸어서 연명하려 했거늘 그 이상의 안위는 꿈에도 생각지 않았다.

다만 나라와 겨레를 근심하고 염려하는 마음만 날이 갈수록 더할

뿐이었다.

어느 날 하루 만에 쌀 한 홉을 이웃에서 대감 모르게 얻어온 부인은 그것으로 죽 두 그릇을 쑤어 놓고 내외간이 마주 앉았다.

부인의 우묵하게 파인 두 눈에서는 눈물이 주르르 흘러내렸다. 스스로의 고생보다도 고생을 하는 영감의 앙상한 얼굴 모습을 차마 그대로 우러러 볼 수 없었던 것이었다.

그러나 영감의 곧은 성미를 아는 이상, 또 졸라 보았던들 부질없는 일이기에 부인은 말없이 죽을 뜨고만 있었다.

"오늘 떠나리다. 장연 고을까지 다녀오려면 족히 열흘은 걸릴 것이니, 그동안 당신이 어떻게 지낼 지가 무엇보다도 큰 걱정이오."

"영감, 고맙소. 고마워요."

부인은 생전 처음 대감 앞에서 흐느꼈다.

이날로 행장을 차린 최대감은 덕쇠를 찾아 길을 떠났다.

제철이라 산과 들은 푸르고 온갖 꽃이 서로 다투어 활짝 피었다.

삿갓 쓰고 죽장을 손에 쥔 최대감은 이미 늙어 쇠약하려니와 마음에 내키는 길이 아니므로 발이 옮겨지는 대로 길을 걸었다.

날이 저물면, 생전 처음 남의 집 과객으로 들어가서 하룻밤의 잠자리를 얻었다. 그의 마음인들 오죽 침통하였으랴마는 그 누가 이 노인이 좌찬찬 벼슬을 지낸 우국충신임을 짐작이나 했겠는가?

온갖 수모와 냉대를 받아가며 떠난 지 나흘 만에 장연 고을에 이르렀다.

곧 수소문하니 앞문을 활짝 열어 놓고 침상에 기대어 장죽을 물고 있던 덕쇠는 최대감을 알아보고 버선발로 문전까지 뛰어나왔다.

"아이구, 대감마님께서 어인 행차이시오니까?"

"오냐, 그동안 잘 있었나?"

"네, 황송하옵니다. 소인의 집은 매우 누추하기 짝이 없사오나 어서 안으로 들어가시옵소서."

덕쇠 내외와 수많은 하인들이 최대감을 정중하게 안방으로 모셨다.

덕쇠는 비록 상사람^{常_'평민'을 이르던 말}이기는 하나 재물이 수만금이니 집 안팎이 대갓집답게 으리으리하였다.

우선 좋은 음식으로 최대감을 극진히 대접하였다. 그리고 입으신 옷이 남루한 것을 보고 값진 비단옷을 새로 장만하여 갈아입으시도록 했다.

충의지심으로 가득 찬 대감댁 울타리 속에서 잔뼈가 자란 덕쇠이니 조석으로 대감을 대하는 범절과 소행이 추호도 나무랄 데가 없었다.

사흘 동안을 푹 쉬고 난 최대감은 덕쇠가 한사코 만류하는 것을 뿌리치고 돌아갈 행장을 준비하였다.

이때 덕쇠는 미리 준비했던 나귀에 대감을 태워드리고 다시 돈 천 냥을 실은 나귀 한 필을 내놓으면서,

"대감께서 벌써 떠나신다 하오니 매우 섭섭하옵니다. 이 돈은 얼

마 되지 않사오나 전답을 사오시면 과히 걱정되실 일은 없을 줄 아옵니다."

하고 하인을 시켜 따라가게 하였다.

이것은 최대감이 미리 청한 것이 아니라 덕쇠가 눈치 채고 보내는 것이었다.

"고맙네. 아무 말 않고 받겠네."

모두 집에서 기다리는 부인 때문이었지만, 최대감은 너무도 깊은 덕쇠의 온정에 눈시울이 뜨거워짐을 느꼈다. 그래서 내놓은 것을 굳이 사양치 않았던 것이다.

길을 떠나 한 10리쯤 오면서 생각해 보니 암만해도 미안한 생각이 들어서 뒤따르는 하인을 불렀다.

"여보게, 자네는 그만 돌아가게."

"하오나, 주인께서 꼭 해주까지 모셔다 드리라고 하셨는뎁쇼."

"괜찮다. 그 나귀는 내가 끌고 가마, 어서 돌아가거라."

"네."

하인 녀석은 빙그레 웃으면서 오던 길을 되돌아갔다. 그 뒷모습을 물끄러미 바라보는 최대감의 마음은 다소 후련해진 것 같았으나, 아직 머리는 천근같이 무거웠다.

덕쇠의 온정으로 구차한 살림을 면하게 되었으니 훨씬 마음이 흥 겨워져야 할 것이지만 그의 성미로서는 오히려 커다란 짐을 짊어진 듯 몹시 괴로웠다.

맑은 하늘을 우러러 긴 한숨을 쉬면서 돈을 실은 나귀 고삐를 한 손에 잡고 다시 길을 재촉하였다.

떠난 지 이틀 만에 죽천 고을을 지나니 하늘을 찌를 듯이 높이 솟은 봉황재가 앞을 가로막고 장엄한 자태를 보여주었다.

웬일인지 올 때처럼 이 재를 우러러보는 순간, 자신도 모르게 가슴속에 솟구치는 부끄러움 때문에 최대감은 마음이 무거워졌다.

"내가 약해졌구나."

또 한숨을 내쉬었다. 이 재만 넘으면 해주는 하룻길이었다.

"그동안 마누라가 굶어 죽었을지도 모르지, 허허……."

최대감은 쓴웃음을 웃어 보였다. 그러나 봉황재에 걸려 있는 뜬구름처럼 허황되고 물거품 같은 일이 아닐 수 없었다.

그래도 최대감은 나귀를 재촉하여 한없이 높은 봉황재 마루턱에 간신히 올랐다. 막혔던 숨을 푹 내쉬려 할 때였다.

바로 눈앞에서 두 여인이 서로 붙들고 몹시 싸우는 것이 보였다. 둘은 고부간이나 모녀간처럼 보였다.

"허, 고얀 지고, 하필이면 높은 산상에서 여인들끼리 싸운단 말인가."

최대감은 크게 꾸짖었다.

"싸워야 할 깊은 사연이 있사옵니다."

늙은 여인이 먼저 손을 멈추고 공손히 허리를 굽혔다. 그의 눈에는 눈물이 고였다.

"뉘시온지 알 수 없사오나 기왕 깊은 산중에서 만나 뵈었으니 당돌함을 무릅쓰고 부탁드릴 말이 있사옵니다."

최대감은 무슨 영문인지 알 수가 없어서 두 여인을 번갈아 유심히 바라볼 뿐이었다.

"다름이 아니오라, 이 늙은 것은 어차피 죽어야 할 몸인데 딸년이 늙은 것을 죽지 못하게 하옵고 자기만 이 높은 절벽에서 떨어져 자결하려 하기에 자연히 싸움이 벌어진 것이옵니다. 말씀드리기는 거북하오나 딸년이 죽지 못하도록 만류하시와 집으로 돌려보내 주시면 그 은혜 백골난망이오며 이 늙은 것은 고이 눈을 감겠나이다."

"무슨 연고로 서로들 죽으려 하오?"

"그것만은 정말……."

늙은 여인은 말끝을 흐리며 치맛자락으로 고인 눈물을 닦았다.

"사연을 알아야 그대의 딸이 죽지 못하도록 만류할 것이 아니겠소. 나는 지나가던 길손이니 어서 속 시원히 말하오."

늙은 여인은 비로소 고개를 들었다.

우러러보는 최대감의 모습이 범상치 않은 어른으로 보였는지 그의 얼굴 전체에 적이 안심하는 빛이 흘렀다.

"실은 벌써 십여 일 전의 일인가 하옵니다. 관가 이방 아전이 나졸들을 데리고 집으로 찾아와서 다짜고짜로 이 애를 사또에게 바치라고 하시는군요. 아이 아버지가 아전의 발밑에 엎드려 빌면서 이 딸은 무남독녀 외딸이니 제발 눈감아 달라고 울며 사정을 했습니다. 그랬더니 오늘 해 안으로 돈 천 냥을 바치라고 성화같이 야단을 하시지 않겠습니까. 아이 아버지가 돈이 없어서 당장은 바치지 못하나 몇 달만 참아 주시면 어김없이 바치겠노라고 아뢰었더니 아전께서 노발대발하시면서 그날로 관가에 끌고 갑디다 그려. 그로부터 지금껏 아이 아버지는 심한 매를 맞고 산송장처럼 되었습니다마는 내일은 기어이 형장으로 끌고 가서 죽인다는군요. 이방과 형방관속들에게 돈푼이나 주었습니다마는 모두 헛일이 되고 말았으니 주인이 억울하게 돌아가시기 전에 제가 먼저 죽어야 도리가 아니겠습니까. 제가 죽으려는 기미를 딸년이 알고 이곳까지 따라와서 이 야단이랍니다.”

말을 끝마친 늙은 여인은 몹시도 흐느껴 울었다. 옆에 쪼그리고 앉은 여인의 딸도 삼단 같은 머리채를 풀어헤친 채 몸부림치며 안타깝게 울부짖는 것이었다.

“또 하나의 아까운 희생, 장차 이 나라는 어이 되려는고.”

최대감은 맑은 하늘을 우러러 긴 한숨을 쉬었다.

백발이 성성한 머리카락이 부는 바람에 날리다가 잠시 주름진 눈시울에서 멈추기도 했다. 그러나 다시, 비통한 빛으로 변해버린 최대감의 얼굴을 어루만지듯 살며시 스쳐 지나가 버렸다.

“지금 천 냥만 있으면 목숨을 보전할 수 있단 말이오?”

“그러하옵니다. 그러나 돈 천 냥을 어디서 구합니까?”

"이 나귀에 실은 돈이 천 냥은 족히 될 것이오. 어서 오늘로 관가에 바치고 주인의 목숨을 구하시오."

"하오나 초면부지의 어른에게서 어떻게 많은 돈을 받사오리까, 아니 되옵니다."

"돈은 돌고 도는 것, 어서."

최대감은 돈을 실은 나귀의 고삐를 늙은 여인 앞으로 던져 주고 표연히 나귀를 몰았다.

"하오면 뉘시온지 존함이라도 가르쳐 주옵소서."

"허, 늙은 행객이 무슨 이름이 있겠소. 어서 관가로 가시오."

두세 번 나귀 등에 채찍질을 했다.

"어서 존함만이라도……."

두 여인이 한사코 따라오면서 애걸하였으나, 못 들은 척하고 최대감은 더욱 빠르게 나귀를 몰았다.

"허, 이번 길은 헛되지 않았도다."

몹시도 무거웠던 머리가 금세 홀가분해진 듯 여간 흥겹지가 않았다. 구차한 살림이야 어떻게 되든 간에 무거운 짐을 벗어 놓은 듯 몸은 날아갈 듯이 상쾌하였다.

"허허."

오랜만에 웃어보는 최대감의 얼굴에는 하늘보다도 훨씬 많은 우아한 빛이 넘쳐흘렀다.

이튿날, 한낮이 기울었을 때 집으로 돌아온 최대감은 봉황재에서 겪은 일을 낱낱이 부인에게 전하고, 다시 덕쇠가 보내준 나귀와 돈을 송두리째 그들에게 주어 버렸다는 이야기마저 숨김없이 알려주었다.

"잘하셨소. 과연 영감은 훌륭하신 어른이외다."

부인은 돈을 가져온 것보다 더욱 기뻐하였으니, 과연 그들은 범상한 인물들이 아니었다.

그 후 세월은 흘러 이런 일이 있은 지 벌써 일 년이란 세월이 꿈결같이 흘렀다. 꼭 죽은 줄로 알았던 죽천골 김좌수는 부인이 바친 돈 천 냥의 덕분으로 옥에서 풀려 나온 후 더욱 충실하게 일을 하였다. 그는 원래 착하고 부지런한 성미라 잠시도 쉬지 않고 일을 하여 뜻밖에 봉황재에서 만난 노인에게 돌려줄 천 냥 이외에도 많은 돈을 모았다.

작년, 여름 딸마저 출가를 시키고 나니 한시름 놓기는 하였으나, 일구월심日久月深 날이 오래고 달이 깊어 간다는 뜻으로, 무언가 바라는 마음이 세월(歲月)이 갈수록 더해짐을 이르는 말 잊을 수 없는 은인을 찾지 못하는 것이 자나 깨나 큰 한이었다.

"영감, 그 노인을 어떻게 하면 찾을 수 있겠소?"

"큰 걱정이오. 내가 그 노인 덕분으로 죽게 된 목숨을 건졌으니 은공의 만분의 일이라도 갚지 못하면 죽은들 눈이 감기겠소? 이제는 그 어른에게 돌려드릴 돈도 마련되었으니 하루속히 찾아야 되겠소."

"영감, 실은 내일부터라도 봉황재에 올라가서 종일 기다려 볼까 해요. 어른이 또 그곳을 지나실지 누가 알아요? 일 년이 아니라 백 년이라도 기다려 보겠어요. 그 어른 덕분에 영감 뿐 아니라 나도 딸도 살지 않았어요?"

김좌수 부인은 죽으려던 그 때를 생각하고 다시 눈물지었다.

"과히 상심치 마오. 지성이면 감천이라고, 우리 내외가 성심으로 은인을 찾는다면 반드시 그 어른을 만나게 될 것이 아니겠소? 생각대로 하오."

"그리고 봉황재 옆에 봉황사라는 절이 있지요? 그 절에도 매일 찾아가서 은인을 하루속히 만나게 해주십사고 불공을 드릴까 해요."

"그렇게 하구려."

김좌수는 눈을 감고 은인의 모습을 이리저리 머릿속에 그려보는 것이었다.

이튿날, 이른 새벽부터 김좌수의 부인은 높은 봉황재에 올랐다.

은인을 찾겠다는 일편단심은 과연 무서운 것이어서 비가 오나 눈이 오나 한결같이 빠지지 않고 하늘을 찌를 듯이 높이 솟은 봉황재를 오르내렸다. 그리고 날이 저물면 봉황사로 찾아가서 부처님 앞에 엎드려 한없이 빌었다.

"대자대비하신 부처님이시여, 부디 세 식구 목숨을 구해준 은인을 찾도록 인도하시옵소서."

밤이 깊도록 지성껏 빌었다.

한편 김좌수는 은인의 얼굴 모습을 그림으로 그려서 많은 하인들에게 나누어 주고 사방으로 돌아다니면서 수소문을 하게 했다. 늙은 내외가 이토록 성심으로 은인을 찾기 시작한 지 1년이 지났지만 은인의 종적은 알 길이 없었다. 김좌수 내외의 안타깝고 초조한 심정은 이루 말할 수가 없었다.

"십 년 아니라, 이십 년이 걸리더라도 우리 목숨이 다할 때까지 찾아봅시다."

김좌수 내외는 단념하지 않았다.

오히려 서로 격려해 가면서 이름조차 모르는 은인을 찾는데 온갖 힘과 정성을 다하였다.

심지어 늙은 노인들을 모시는 큰 잔치를 벌여 여러 차례 베풀어 보았으나 기다리는 은인을 찾지 못한 채 세월은 꼬리를 물고 무심히 흘러만 갔다.

김좌수 내외가 그렇게도 애타게 찾고 있는 최희재 대감은 봉황재에서 사람을 구해 주었던 일조차 까맣게 잊어버린 지 이미 오래였다.

그때나 지금이나 구차한 살림 속에서도 오로지 나라와 겨레를 근심하는 충의지심만이 머릿속에 꽉 차 있을 뿐이었다.

아무리 역경에 처할 지라도 추호의 동요조차 없는 성인 최희재, 그를 흠모하는 선비들이 점점 늘어만 갔다.

황해 관찰사 신헌이 벌써 여러 차례 적지 않은 곡식을 최대감 집으로 보내 왔으나 끝끝내 이것을 받지 않았다.

"신하된 몸으로 국은에 보답치 못한 죄인이 무슨 염치로 국록을 받아먹겠느냐?"

도리어 스스로의 부덕함과 불충함을 뼈저리게 뉘우치는 것이었다.

어느 날, 최대감댁 사립문 밖에 걸인이 구걸을 하러왔다.

"한 푼 보태줍쇼."

죽 그릇을 받아들었던 최대감이 먼저 이 소리를 들었다.

"여보, 밖에 누가 오셨나 보오. 나가보구려."

부인이 행주치마에 손을 닦으며 밖으로 나갔다가 깜짝 놀랐다.

"아이구, 덕쇠가 아닌가? 어서 들어오게."

"마님, 뵐 낯이 없사옵니다."

장연 고을서도 첫째가던 큰 부자가 초라한 거지꼴이 되어 부인의 뒤를 따라 엉금엉금 뜰 안으로 들어섰다.

"어서 올라오게."

"예."

최대감은 별로 놀라는 기색이 없었다.

"사람의 영고성쇠는 예측할 수 없는 일, 다만 마음만은 언제나 착하게 가져야 하느니라. 어서 사양 말고 올라오게."

"예, 면목 없사옵니다."

최대감 내외는 비록 죽이나마 덕쇠를 성심으로 대접하였다.

주인과 하인으로서의 신분의 장벽을 넘어서 따뜻한 인간애가 무언

중에 오고갔다. 왜 거지가 되었느냐고 덕쇠에게 묻지도 않았다. 부자이건 거지이건 참다운 정으로 극진히 대하는 것이었다. 어려운 살림 속에 파묻혔던 덕쇠는 며칠 후에 표연히 자취를 감추어 버렸다.

최대감 내외는 덕쇠가 미안한 생각이 들어서 집을 나간 것으로만 알고 섭섭하게 여겼을 뿐이었다. 그날 밤, 최대감은 꿈을 꾸었다.

비몽사몽간에 집을 나갔던 덕쇠가 더욱 초라한 모습으로 최대감 머리맡에 들어섰다. 대감은 매우 반가운 생각이 들어서 덕쇠의 손을 덥석 잡으려는 순간, 덕쇠가 점잖은 신선으로 변하였다.

신선의 허연 수염은 앞가슴을 덮었고 몹시 구부러진 신장 끝이 천장을 찌를 듯했다.

최대감은 심히 당황하여 신선에게 세 번 절하고 다시 그의 발밑에 엎드리니 신선의 꾸짖는 듯한 목소리가 머리 위에 떨어졌다.

"남의 정성을 너무 몰라줌도 인간의 도리가 아니니라. 내일 일찍이 봉황재로 올라가라. 가면 알 도리가 있으리니 두 번 다시 내가 그대의 집을 찾아오지 않도록 어김없이 시행하라. 그리고 그대에게 한 가지 알려 주노니, 며칠 동안 그대의 집에 유숙하였던 거지 덕쇠는 사실 장연 사는 부자 덕쇠가 아니라 내가 잠시 몸을 변하여 그대의 철석같은 지조를 다시 한 번 시험해 보려고 하였던 것이니 안심하려니와 과히 섭섭하게 여기지 말지어다."

"황송하옵니다."

최대감이 더욱 감읍하여 머리를 들었을 때에는 이미 신선은 사라진 후였다.

몹시 괴이한 꿈으로 생각하였으나 원래 강직한 성미라 다음 날 신선의 말대로 봉황재에 오르지 않았다.

다음날 밤, 역시 몽중에 어제의 신선이 다시 나타났다. 그러나 어제와 같은 온화한 얼굴이 아니라 진노의 빛이 무섭게 서려 있었다.

"그렇게도 당부하였거늘 무슨 연고로 나의 분부를 어기느냐? 그대가 내일 또다시 봉황재에 오르지 아니하면 힘으로 끌고 가리라."

하며 몹시 성난 태도로 자취를 감춰버리는 것이었다.

아무리 성미가 강직하고 황소고집을 가진 최대감도 두 번이나 신선의 꾸지람을 듣고서는 아니 갈 수가 없었다. 다음날 아침 일찍 최대감은 봉황재를 향하여 길을 떠났다. 길을 걷는 동안 아무리 생각하여도 봉황재에 오르라는 연유를 알 길이 없었다.

벌써 오래 전에 여인을 구한 일조차 까맣게 잊어버린 대감으로서는 그 까닭을 짐작하기 어려웠다.

매우 궁금하게 여기면서 봉황재 높은 마루턱에 간신히 올라섰을 때였다.

점잖은 옷차림을 한 늙은 여인이 발밑에 넓죽 엎드렸다.

"아이구, 일생 잊지 못할 은인께서 어이 지금에야 오시옵니까? 야속하오이다. 그때 존함이라도 가르쳐 주셨으면 벌써 찾을 수 있었을 것을……."

오랜 시일을 두고 찾아 헤매던 은인을 비로소 만나 벅찬 감격에 못 이겨 여인은 두 어깨를 들먹이며 흐느끼고 있었다.

"그대는 대체 누구요?"

"2년 전에 어른께서 돈 천 냥을 주신 덕분으로 죽게 된 목숨을 건진 죽천골 김좌수의 아내올시다. 어서 저의 집으로 왕림하옵소서."

김좌수의 아내는 한사코 대감을 잡아 이끌었다.

최대감은 그 정성을 갸륵하게 생각하고 죽천골 김좌수의 집으로 따라나섰다. 김좌수의 집에서는 다시없는 경사로 알고 최대감을 맞이하는데 그 융숭한 대접은 말로 다할 수 없었다.

며칠 후, 최대감이 떠나려 할 때 김좌수는 수천 냥의 돈과 수많은 필목을 십여 필의 나귀에 실어 보내려 했다.

그러나 최대감은 모른 것을 한사코 물리치고 돈 천 냥만을 받아 나귀에 싣고 태연히 김좌수의 집을 떠났다.

그곳에 모였던 동네 사람들은 최대감의 강직한 성품에 높은 칭송을 보냈으며 그 흠모의 정이 하늘에 닿을 듯했다.

뿐만 아니라 천 냥을 받은 최대감은 그 길로 장연 사는 부자 덕쇠의 집으로 찾아가서 돈을 돌려주고 빈손으로 돌아서서 당대에 둘도 없는 청빈한 선비의 지조를 끝내 지켜나갔다.

네 번째 이야기

여왕을 깨우친 거타지 이야기

삼국시대의 신라 제51대 진성여왕은 신라 역대 여왕 3명 중에서도 음란하기로 그 명성이 높았으며 그로 말미암아 나라를 망칠 뻔했었다.

진성여왕은 왕위에 오르자, 유모 부호의 남편 위홍과 불륜의 정을 통하고 밤낮으로 사음에 빠져 있었다. 즉위한 지 이듬해 2월에는 소량리에 있는 부동석이라는 이름의 큰 바위가 저절로 움직여서 자리를 옮겼다.

"나라에 큰 변이 생길 징조다."

"여왕이 유모의 남편과 간통하는 추잡한 행동을 보고 하늘이 회개하라는 징조다. 이래도 회개하지 않으면 나라가 망하고 말 것이다."

이런 민가의 수군거림으로 인심이 흉흉해졌다.

그러나 위홍과 한패가 되어 조정의 세도를 잡으려던 간신들은 음양사(陰陽師_전문(天文), 역수(曆數), 풍수지리 등을 연구하여 길흉화복을 예언하는 사람)와 일관(日官_점일(占日)을 잡는 사람)을 매수해서, 그 바위가 저절로 움직인 현상을 엉뚱하게 풀이해 여왕의 색정을 부채질했다.

"나라님에게 용기를 주는 음양의 움직임입니다. 양기는 음기를 끌고, 음기는 양기를 부르는 법인데, 옛날에 지신이 양석과 음석이 남녀의 정을 질투하여 두 돌을 따로 떼어 놓았었습니다. 그러나 천 년이 지난 오늘까지도 바위는 사랑을 잊지 못해서 마침내 짝을 찾아 제자리로 돌아간 것입니다."

"그것 참 재미있는 얘기요. 그런데 그 부동석의 이변과 국운과는 어떤 관계가 있을까요?"

여왕은 색정이 동하는 눈을 가늘게 뜨고 다시 물었다.

"황송한 말씀이오나, 폐하께서 좋아하시는 분이 계시면, 신하들이나 백성의 이목에 관계없이 그분에게 높은 자리를 주시고 가까이 두실 때라는 뜻입니다."

여왕은 이런 점괘를 기뻐했다. 그래서 위홍에게 각간(角干_신라의 17관등 중 첫째가는 등급. 진골만 오를 수 있고, 자색 관복을 입었다.) 벼슬을 시키고, 공공연히 대궐에서 음란한 관계를 드러내놓고 지냈다.

그러나 여왕은 얼마 지나지 않아 이 정부에게 권태를 느끼고 미소년을 3명이나 후궁에 숨겨둔 채 난음을 계속했다.

이미 고관의 세력까지 잡은 위홍은, 그 연적의 무명 청년 한 명에게 질투를 느껴 암살을 시도하다 오히려 그 청년에게 죽임을 당했다.

"시끄럽던 그 자를 잘 없애버렸다."

새로운 정사에 눈이 먼 여왕은, 그 청년의 소행을 도리어 칭찬하고 더욱 총애했다.

"그러나, 너희 청년끼리는 서로 질투하지 말라. 내가 남자 왕이면 3천명의 여자를 궁녀로 삼았겠지만, 너희들은 단 3명이니까 자주 시침侍寢; 임금을 모시고 잠자는 일.의 밤이 오지 않느냐?"

여왕의 사생활은 이렇게 부패했고, 조정은 간신의 무리가 들끓어 정사가 심하게 문란해졌다. 소송은 뇌물로 통용되고 도적이 들끓고, 인륜도의가 땅에 떨어졌다. 백성들은 탐관오리의 수탈 때문에 '놈들의 배를 불리려고 피땀 흘려 농사지을 미친놈이 어디 있으랴!' 하는 울분으로 농사를 소홀히 하고 스스로 가난해져 전 국민이 도탄에 빠졌다.

이러한 악정과 세태에 의분을 느낀 충신도 세도를 잡은 간신들의 세도가 두려워 감히 여왕에게 고하지도 못했다.

그래서 조정을 규탄하는 내용의 글을 대궐 앞에 붙여놓는 것으로 울분을 대신할 뿐이었다.

"음란한 암탉이 새벽에 울며, 또한 간악한 닭들(간신들)도 좋아라고 따라 운다. 충성한 수탉들은 벼슬을 잘리고, 목을 잘리니 억울한 울음조차 내지 못한다. 아아! 이 세상이 언제 망하고 새로운 세월을 맞으리오."

이렇게 여왕과 간신들을 규탄하는 통렬한 글은 조정의 분노를 사 불온 문서의 출처를 밝히라는 엄명이 전국에 내려져 민심은 더욱 흉흉해졌다.

"이것은 반드시 왕거인의 소행입니다."

간신들은 자기들이 두려워하는 재야의 덕이 높은 학자를 무고했다.

왕거인은 당시의 세태에 회의를 느끼고 대야주大耶州_지금의 합천의 산 속에 깊이 숨어 있었으나, 조정의 간신들은 그의 존재가 항상 두려웠던 것이다. 그러나 민중은 그를 어진 분으로 존경하며 거인선생이라고 불렀다. 장차 그런 인물이 나와서 나라의 일을 맡아야 태평성대가 되리라 기대하고 있었던 것이다.

이 기회에 간신들은 왕거인을 불온 문서의 장본인으로 몰아 숙청계획을 꾸며, 그를 서울의 감옥에 넣었다.

왕거인은 그 규탄문의 내용에는 전적으로 동의했다. 그러나 그는 그런 세상과는 타협이 싫어 산 속에 숨어있었기에, 그가 그런 속된 정치적 장난을 하기에는 자존심이 너무 높은 어른이었다. 그런 규탄문이 '옳다'라는 의견 때문이라면 간신들의 형벌을 받아도 좋았겠지만, 그런 일을 하지 않은 자기를 무고로 잡아 죽이려는 비열한 행동에는 분개했다. 그는 그 심정을 옥중에서 시로 읊었는데, 이것은 자기의 억울함을 하늘에 호소하는 형식이었지만, 실은 당시의 학정을 통렬히 비판하는 것이 아닐 수 없었다.

'옛날의 충신들도 억울한 사정으로 피눈물 흘려 통곡하면 3년 가뭄이 들고 그 슬픈 원한은 여름에도 서릿발로 화했습니다. 지금 저의 정성이 그들과 똑같은데 하늘은 왜 이다지도 무심코 구원하지 않습니까?'

왕거인이 이 시를 지어 옥중에서 읊자, 그날 밤에 뇌성벽력이 일고 억수 같은 폭풍우가 퍼부었다. 왕이 일관에게 이 천변을 묻자, 일관은 자기에게도 천벌이 미칠까 두려워 정직한 점괘를 아뢰었다.

"저 무서운 천둥과 번개는 거인을 가둔 옥 위에서만 계속되고 있으니, 하늘의 뜻이 그의 억울함을 구원하려는 징조임이 분명합니다. 만일 그를 빨리 방면치 않으면, 저 무서운 벼락불이 대궐에 떨어질까 두렵습니다."

"그럼 어서 거인을 방면하라."

왕명으로 왕거인을 방면하자, 폭풍우는 멈추고 어둠도 걷히었다. 아직도 깊은 밤인 줄 알았는데, 맑은 하늘에 뜬 해는 이미 이튿날 정오를 가리키고 있었다.

하늘의 경고로 왕거인은 방면됐으나, 여왕의 음란한 사생활과 부패한 정치는 그대로였다. 왕거인을 방면한 이듬해(여왕이 된 지 3년째)에도 국내의 모든 고을 백성들이 세금과 부역을 거부했으므로, 국고가 텅텅 비어 국가사업의 예산은 뒤로 하고 왕실과 고관들의 사

치스러운 생활유지도 어려운 실정이었다.

여왕은 반란 민중을 토벌하려고 나마奈麻 신라의 17관등 중 11번째 등급 기령을 대장으로 삼아 우선 사벌주 지방을 공격했으나, 부하 병정들은 모두 민중편이 되어 그들과 합세하여 관군을 역습하자 기령은 정신없이 도망치고 말았다.

그런 때에 미천한 한 백성 남녀의 순정한 동화적인 얘기가 마침내 음란한 여왕을 반성시키는 동기가 되었던 것이다.

그 동화적인 사랑의 이야기는 다음과 같다.

여왕은 당나라로부터 예물을 게을리 보냈다는 꾸중을 듣자, 부랴부랴 아찬阿湌 신라의 17관등 중 6번째 등급 양패를 사신으로 보냈다.

이 소문을 들은 해변가 백성들의 원성이 높아지자 그 불평을 합리화하려는 흉계를 꾸몄다.

"제나라 백성들은 굶어 죽이는 못된 정치를 하면서, 백성의 고혈을 긁어모은 재물은 당나라 임금에게 바치다니 말이나 되느냐!"

하고 해적이 되어 바다 위에서 사신 일행을 잡아 죽이고 재물을 빼앗으려고 서해 진부에 모여 길목을 지키고 있었다. 사신도 이 정보를 듣고 용맹한 궁사 50명을 모아 인솔하고 가니, 호위병이 없으리라고 예측했던 해적들은 목적도 못 이룬 채 자취를 감췄다.

사신 일생은 진부에 있던 해적의 봉변은 면했지만, 배가 흑도 부근의 바다를 지날 때 큰 풍랑을 만났다. 배는 가까스로 전복을 면하고 흑도로 피했지만 풍파가 며칠 동안 멈추지 않자 사신 양패가 점

쟁이한테 물었더니,

"이 섬의 용에게 굿을 지내야 풍랑이 가라앉을 것입니다."

하는 점괘가 나왔다.

사신은 목욕재계하고 못가의 신목神木 가지에 금줄을 달고 제사를 지냈다. 그러자 바다의 신이 뜻을 느꼈는지 못 한가운데 물이 용솟음쳐 올랐고, 그 소리가 산과 바다를 울렸다.

"바다 신이 통했으니 내일 아침엔 바다가 평온해질 것 같구나……."

양패는 안심하고 잠이 들자 꿈속에 백발노인이 나타나 이상한 사정을 알렸다.

"내일 아침엔 잠시 풍파가 멈출 테니 우선 길을 떠날 수 있습니다. 그러나 여러분이 전부 떠나면 이 섬은 또다시 풍파가 심해질 테니, 활 잘 쏘는 궁사 한 명만 남겨두고 가시오."

이튿날 양패는 궁사 중에서 누가 제일 활을 잘 쏘느냐고 물었다.

"제가 잘 쏩니다."

"제가 제일입니다."

모두 제 자랑을 하고 나섰다.

"제일 잘 쏘는 자 한 명만 뽑겠는데 이렇게 많으면 누굴 뽑을지 모르겠다."

궁사들은 무슨 상을 타든가 아니면 윗자리에 앉히려는 줄로만 알고 서로 경쟁했다.

"다들 제일이라니 시합을 해서 뽑으면 불평이 없을 것입니다."

그런 제안을 하는 자도 있었다.

"왜 한 명만을 뽑습니까?"

궁금증이 나서 못 참는 자가 물었다.

"실은 바다의 풍파가 다시는 일지 못하게 이 섬에 활 잘 쏘는 자를 한 명 남기고 떠나야 한다. 그래야 일행이 무사히 갈 수 있기 때문이다."

이런 내용을 직접 알려 주자, 그 많은 지원자가 수그러들었다. 사신은 어처구니가 없었으나 아무튼 한 명은 뽑아야 했다.

"당나라 서울 구경도 못하고 이 무인고도에 어떻게 있어? 난 죽어도 이 섬에 남을 수는 없다."

잠자코 있는 자들의 마음도 똑같았다.

"하는 수 없으니 제비를 뽑자."

그런 운명론자도 생겼다.

"그래, 제 운수에 맡기는 제비가 제일 공평할 것이다."

사신 양패도 이 의견에 따를 수밖에 없었다.

"그럼 제비를 뽑기로 하자."

사신은 선발 방법을 선언했다.

"좋습니다."

모두 찬성했다.

"사신님, 제비를 뽑는 것은 옳지 못합니다. 만일 활을 제대로 쏘지도 못하는 비겁한 자가 정해지면, 이 섬에 남아도 소용이 없지 않습니까. 그래서 임무 수행도 못한 채 또다시 풍파가 일면 피난할 섬도 없는 망망대해에서 5~60명이 전부 물귀신이 될 테니, 그건 위험합니다."

"음, 네 말이 옳구나."

"활에는 제가 자신이 있으니, 이 섬에 남겠습니다. 여러분은 안심하고 떠나십시오."

양패는 이 의협심 있는 용사의 태도에 감격했다.

"네 이름이 무엇이냐. 앞으로 나오너라."

사신이 그를 불렀다.

"저는 거타지라고 합니다."

자기 이름을 알리며 나선 청년은 얼굴도 썩 잘 생긴 장사로서, 모두들 활을 잘 쏜다고 나설 때는 뒤에 숨어서 잠자코 있던 인물이었다.

"음, 참다운 용사는 겸손하고 침착하다더니, 그 말이 자네를 두고 한 말일세."

사신은 거타지 청년의 갸륵한 희생심과 용기를 칭찬했다.

"그럼, 우리 일행을 위해 이 섬을 잘 지켜 주게. 우리 일행이 당나라에 사신으로 갔다가 무사히 귀국하면 자네의 공을 알려 상을 내리도록 하겠네."

"상을 바라고 하는 충성이 아니오니, 그런 염려 마시고 대임을 성공하시옵소서."

마침내 바다가 평온해졌고 일행은 배를 몰아 당나라로 향했다.

일행의 배가 바다 수평선 저쪽으로 사라질 때까지 거타지는 바위 위에서 전송했다. 배 그림자가 보이지 않게 되자, 무인고도에 혼자 남은 거타지는 갑자기 고독감에 사로잡혀 망연히 서 있었다.

이때 그 앞에 한 노인이 홀연히 나타났다. 어젯밤 사신 양패의 꿈에 나타난 그 노인이었으나 거타지는 처음 보는 인물이었다.

"나는 이 섬에 사는 해약이란 사람이오. 당신이 이 섬에 나타난 것은 내 딸을 위해서 하늘이 보낸 용사요. 이 인연으로 우리 식구를 구해 주시오."

"노인께 무슨 걱정이 있습니까? 내가 할 수 있는 일이라면 힘껏 해 보겠습니다."

"이 못은 사미沙彌_십계(十戒)를 받고 구족계(具足戒)를 받기 위하여 수행하고 있는 어린 남자 승려에게 저주받고 있소. 날마다 해 뜰 시각이 되면 하늘에서 사미가 내려와 타라니陀羅尼_범문을 번역하지 아니하고 음(音) 그대로 외우는 일의 주문을 외우다가 못 주위를 세 바퀴 돌면, 못 속에 사는 우리 식구가 하나씩 물위로 떠오르고, 떠오른 내 가족을 사미가 잡아서 배를 가르고 간장을 꺼내 먹었소. 지금까지 자식들과 손자가 잡혀 먹히고, 늙은 내외와 딸 하나만 남았소. 내일 아침엔 필경 내 딸이 잡혀 먹힐 운명일 거요. 당신이 이 신목 밑에 숨어 있다가, 내일 새벽에 그 사미가 내려와 못을 돌 때, 그 활로 쏘아 주시오."

"어려서부터 배운 이 활의 힘으로 그런 일을 할 수 있다면 나로서도 기쁜 일이니 걱정 마십시오."

거타지는 해약이라는 노인을 안심시켰다.

"고맙소. 꼭 부탁하오."

노인은 사례한 후 홀연히 못물 속으로 들어가 버렸다.

거타지는 새벽녘에 일어나지 못해 실수할까 두려워 잠을 이룰 수 없었다. 한참 동안 자지 않고 새벽을 기다리니, 과연 하늘에서 사미가 내려와 주문을 외우며 못가를 도는 것이었다.

거타지는 첫 화살로 명중시키고, 쓰러진 사미를 보니 늙은 여우의 시체로 변해 있었다.

그 순간 어제 못 속에서 부탁했던 노인이 기쁜 얼굴로 뛰어나왔다.

"당신이 우리 세 식구의 목숨을 구해주었으니, 나도 그 은혜에 보답하기 위해 내 딸을 당신의 아내로 주겠소. 서해 용궁에서는 남부럽지 않은 칭찬을 받던 딸이니까, 서울로 가도 첫째 미인이 될 것이오."

하고 노인은 못 속을 향해서 딸을 불렀다.

"네."

대답과 함께 나타난 소녀의 자태는 그가 서울 귀족 처녀들 사이에서도 못 보던 우아한 아름다운 소녀였다.

"그럼, 이 애를 부탁하니 평생을 잘 거느리고 백년해로하게. 이제부터 내 사위니까 말을 놓는 걸세. 허허허."

"저를 사위로 삼아 주신다면, 평생 따님을 변치 않고 사랑하겠습니다."

거타지는 풀밭 위에 엎드려 절을 하며 맹세했다.

"자, 그럼 어서 빨리 일행의 배를 쫓아가게."

하고 바닷가에 준비된 배에 오르라고 권했다.

"당나라까지 여자를 데리고 갈 수는 없을 테니, 간단히 자네 품에 숨겨가지고 가게……."

하고 노인은 딸을 꽃가지로 만들어 거타지의 품속에 넣어주었다.

"도중에 꽃이 상할까 걱정됩니다."

거타지는 우선 이런 걱정이 앞섰다.

"걱정 말게. 자네 품속에선 아무리 세게 껴안아도 시들지도 상하지도 않으며 항상 향기를 피울 것이니까."

"그럼 그렇게 알겠습니다. 그러나 떠나는 길이오니 장모님께도 인사를 드리고 싶습니다."

"아 참, 내가 늙어서…… 하도 바빠서 실수했네."

노인은 손뼉을 세 번 치자, 못 속에서 인자한 노파가 나타났다.

거타지는 얼른 절을 했다.

"장모님, 따님을 주셔서 감사합니다. 서로 죽을 때까지 잘 지내겠으니 안심하십시오."

"우리 세 목숨의 은혜를 그 애는 정성껏 사위한테 갚을 테니, 아마 신라 제일의 현처 노릇을 할 거요."

장모는 자신 있게 딸 자랑을 했다.

"자아, 그럼 어서 배를 타게."

"저는 좋은 배필을 얻고 떠납니다만 장인 장모님이 따님도 없이 이 섬에서 적적히 보낼 생각을 하니 죄송합니다."

"천만에, 우리는 아직도 천 년 동안 즐겁게 해로할 테니 아무 염려 말게."

노인의 재촉으로 거타지가 배에 오르자, 노인이 용을 불렀다.

"너, 이 배를 속히 당나라에 가시는 사신의 배까지 인도해라. 그리고 사신의 일행을 당나라까지 잘 모셔다 드리고 오너라."

"네."

용은 대답과 함께 배를 끌고 섬을 떠났다. 용이 끄는 배는 화살같이 빠른 속도로 달렸다.

당나라에서는 용이 호위하고 건너온 신라의 사신이라, 여느 때 들어온 신라의 사신보다 정중히 대접하고, 신라의 국위를 높이 평가했기 때문에 그전의 오만한 태도를 반성했다. 이것은 모두가 거타지의 공이 아닐 수 없었다.

사신의 임무를 예상 이상으로 성공한 뒤에 일행은 신라의 서울로 돌아왔다.

그제야 거타지는 품에 숨겨 왔던 꽃가지를 조상의 사당 앞에 꽂아 놓고 보고의 제사를 지냈다. 그러자 꽃가지는 장안 제일의 미인으로 변해 거타지의 아내가 되었다.

사신으로 다녀온 양패는 거타지의 공을 알려서 상금을 타게 했으며, 거타지는 그 돈으로 조촐한 신혼가정을 꾸미고 행복한 결혼생활을 시작했다. 한때 장안의 화제가 되었던 거타지의 명궁 일화가 한풀 간 뒤, 이번에는 거타지의 아내 만년화의 절개가 또다시 화제를 던지게 되었다. 영원히 시들지 않는 꽃이라는 뜻에서 세상 사람들이 붙인 이름처럼 거타지의 아내는 아름답고 향기 있는 여인이었다.

그러나 당시 상하가 음란한 풍습이라 만년화의 아름다운 자태에는 호사다마好事多魔 좋은 일에는 흔히 방해되는 일이 많음의 유혹이 끊이지 않았다. 세도가의 남자들은 부귀와 권력으로 위협했다.

그러나 미천한 남편이지만 거타지의 아내는 정숙한 채 한 치의 정조도 굽히지 않았다.

"요즘 세상에서는 보기 드문 현처 정절의 거울이다."

여왕을 비롯한 상류사회의 퇴폐적인 성생활에 눈살을 찌푸리던 백성들은, 그 추잡함을 은근히 공격하는 이야깃거리로 삼았기 때문에, 만년화의 미담은 더욱 과장된 것일 수도 있었다.

여왕은 그 만년화가, 꽃으로 화했던 해신의 딸인 천하미인이 명국의 청년 용사 거타지와 이상적인 부부생활을 한다는 소문을 듣고, 그 부부를 대궐로 불렀다.

여왕은 만년화를 보고 아름다움의 열등감을 느끼지 않을 수 없었고, 그런 미인의 사랑을 독점한 청년 용사 거타지에겐 이상한 질투와 함께 음탕한 마음이 생기는 것이었다.

여왕은 만년화만 대궐에서 내보내고 거타지는 남아 있으라고 명했다.

"거타지가 오늘 밤 여왕의 시침자로 뽑혔다."

내전의 시녀들은 수군거리기 시작했다.

그날 밤이 깊어서, 여왕은 거타지를 침실로 불러들였다.

여왕은 이미 반나체의 몸에 침의를 허술하게 걸치고 요부의 음탕한 눈길로 추파를 보냈다.

거타지는 자기가 밤중에 여왕의 침실로 끌려온 것은 무엇을 강요받기 위함인지 알고 있었다.

"궁사의 무엇이 만년화를 반하게 했는지, 궁사의 그 사내다운 비밀을 나도 알고자 하는데……."

여왕은 여러 미남의 정조(?)를 유린한 능숙한 솜씨를 부리기 시작했다.

그러자 이때 거타지는 실로 남성다운 용사의 기백을 나타냈다.

그의 눈에는 여왕이라는 천하무쌍의 권력은 안중에 없었고 여왕이 마치 색정에 미친 여자의 더러운 고깃덩어리로만 보였다.

"저는 단 한 명의 아내에게 정조를 약속한 남편입니다. 어명을 거역한 죄로 제 목이 달아나도 다른 분과 정을 통해 정숙한 아내를 배반할 수는 없습니다. 저를 속히 돌려보내 주시옵소서."

실로 놀라운 말이었다.

여왕에게 다른 분과 정을 통해서 운운, 그런 말을 들으리라고는 꿈에도 상상 못한 여왕은 귀를 의심했다. 왕의 지위는 물론 여자로서도 생전 처음 듣는 모욕이었던 것이다.

여왕도 이때만은 기운이 푹 죽었다.

여왕은 지금까지의 성정과는 다른, 실로 이상한 심경의 변화를 일으켰는데 그것은 불경한 거타지를 당장에 죽여도 아무 문제가 없지만, 거타지의 당당한 용사적인 태도로 권위를 상실한 듯한 허탈 상태를 느꼈던 것이다.

거타지는 여왕을 일갈한 뒤에 자리를 차고 나왔으며 여왕은 묵묵히 앉아만 있었다.

그 뒤로 여왕은 음란한 생활을 삼가고 현명한 신하의 말에 귀 기울였는데, 이것은 신라의 국운을 위해서도 다행한 일이었다.

그래서 진성여왕은 당나라에 유학한 최치원의 시무10조時務十餘條 급선무로 시행해야 할 시국대책 10여조항를 국가정책의 주요 이정표로 삼았고, 그를 아찬의 벼슬에 등용했는데 불교가 국교처럼 되어 있던 그 당시에 유교 학자를 등용한 것은 드문 일이었다.

한편 거타지는 여왕 침실에서 있었던 사건을 끝까지 입 밖에 내지 않았다.

다섯 번째 이야기

호색왕으로부터 정절을 지킨 부부 이야기

　백제 제4대 개루왕 때에 이르러서 나라의 기틀도 차츰 잡혀갔으므로 백성들은 마음 놓고 자기 생업에 종사해야 마땅할 일이었다. 그러나 서울 한산漢山 한성(漢城), 백제의 두 번째 도읍지. 온조왕 14년(5)에 이곳으로 옮김. 지금의 경기도 광주의 옛 읍과 남한산성을 비롯해서 국내 각처에 사는 백성들의 살림살이에는 어딘지 불안한 기색이 감돌고 있었다.

　특히 용모가 아름다운 여인네들은 좀처럼 밖에 나다니지를 못했으며, 그 가족들은 언제 자기네 집안에 큰 재앙이 닥쳐올지 알 수 없어 전전긍긍하고 있었다. 그것은 임금 개루왕이 유달리 색을 좋아하기 때문이었다. 단순히 좋아한다는 정도가 아니라 거의 광적이었다.

　어느 집에 어여쁜 여자가 있다는 소문만 들으면 큰일이었다. 왕은 당장에 불러다가 자기 욕심을 채우지 않고는 못 배겼다. 그 여자가 남의 귀한 외딸이건, 남편이 있는 아내이건 가리지 않았다. 또 그 여자의 신분이 재상의 집 사람이건, 천한 백성의 여자건 상관하지 않았다. 이와 같은 왕의 황음호색荒淫好色_여색을 좋아하여 어지러이 음란한 짓을 함은 날이 갈수록 심해졌다. 이제는 어여쁜 여인네의 소문을 듣고 불러들이는 데만 그치지 않고, 방방곡곡에 사람을 보내어 어여쁜 여자만 있다면 모조리 잡아오도록 했다. 그래서 그 당시 사람들은 이러한 임금의 심부름꾼 노릇을 하는 자들을 '계집사냥꾼'이라고 불렀다.

계집사냥꾼들은 대개 날쌘 무사들이었다. 갑자기 마을 뒷산 숲 속 같은 데서 바람처럼 말을 몰아 마을로 내려온다. 그리고는 밭에서 김을 매고 있다든지, 샘에서 물을 긷고 있다든지, 냇가에서 빨래를 하고 있다든지 하는 여인들 중에 용모가 반반한 여인만 발견하면, 말 한마디 없이 그 여인의 허리를 낚아채 궁궐을 향해 달려가는 것이었다.

문 밖에서 말발굽 소리만 들리면 사람들은 모두 계집사냥꾼인줄 알고 겁을 집어먹었다. 그리고 웬만큼 반반한 얼굴을 가진 젊은 여자들은 마루 밑으로, 물독 속으로, 짚더미 속으로 허둥지둥 몸을 감추었다.

도미는 이런 불안한 시대에 백제 서울 한산에 살고 있는 서민이었다. 별다른 벼슬도 없었지만, 농토도 넉넉히 가지고 있었고, 종들도 여럿이나 거느리는 부유한 층에 속했다.

뿐만 아니라, 도미는 누구보다도 좋은 아내를 가지고 있는 것이 큰 자랑거리였다. 아름답기로는 미녀란 미녀는 모조리 모아놓았다는 대궐 안 궁녀들 중에도 비길 자가 없을 것이라고 마을 사람들은 말했다. 게다가 남편을 극진히 섬기는 착한 마음씨, 집안에 티끌하나 보이지 않게 하는 깔끔한 살림 솜씨, 어느 구석 하나 흠잡을 데 없는 좋은 아내였다.

"아마 이 세상에 나보다 더 복이 많은 사람은 없을 거요. 비록 큰 벼슬은 못했지만 먹을 것, 입을 것 다 넉넉하고 천하 제일가는 아내를 갖고 있으니, 아마 임금님도 나보다 더 낫지는 않을 것이오."

도미가 복에 겨워 이런 말을 하면 아내는 고운 이빨을 보이며 살짝 웃고는 은근히 타이른다.

"그런 소리 말아요. 귀신이 들으면 샘을 낸데요."

아내 말을 듣자, 도미는 갑자기 불안스러워졌다. 검은 구름처럼 뭉게뭉게 피어오르는 불안은 마침내 무서운 계집사냥꾼의 얼굴로 변하는 것이었다.

"두려운 것 아무것도 없지만 그 계집사냥꾼한테만은 들키지 말아야 할 텐데……. 그런데 여보, 만약에 계집사냥꾼한테 들켜서 대궐로 끌려가면 어떻게 하겠소?"

"어떻게 하긴요?"

"그 추잡한 임금의 욕심을 채우는 제물이 되겠소?"

"그런 말씀 말아요. 내 남편은 당신 하나뿐이에요. 입술을 깨물고 죽는 일이 있어도 그런 더러운 임금의 말을 듣진 않겠어요.”

아내는 발끈해서 이렇게 맹세했다.

이때 갑자기 밖에서 말발굽 소리가 들렸다. ‘계집사냥꾼이다!’ 하는 소리와 함께. 그러자 도미는 방 한편 벽을 떠밀었다. 그러자 그 벽이 문처럼 열렸고, 도미는 급히 그 속으로 아내를 감추었다. 벽은 먼저대로 닫혀졌다.

도미의 아내가 그렇게 아름다우면서도 이때껏 잡혀가지 않은 것은 집안에 이와 같은 교묘한 장치가 있었기 때문이다.

이른 새벽이었다. 자리에 누워 잠을 자던 도미가 갑자기 벌떡 일어나 앉더니,

“여보! 여보!”

하고 아내를 깨운다.

“왜 그래요?”

단잠을 깨웠다고 짜증도 내지 않고 아내는 부드러운 미소를 보내고 있었다.

“무서운 꿈을 꾸었소.”

“무서운 꿈이라니요?”

“당신이 글쎄, 계집사냥꾼에게 들켜서 대궐로 잡혀가질 않았겠소?”

하면서 도미가 들려준 꿈 이야기는 이러했다.

갑자기 들이닥친 계집사냥꾼에게 미처 숨지 못한 아내는 잡혔다.

호랑이가 어린 강아지 잡아가듯 계집사냥꾼은 아내의 가는 허리를 한손에 움켜쥐고 말을 몰아 순식간에 궁궐에 당도한다.

"오! 천하일색이군!"

색을 좋아하는 임금이 침을 삼켰다. 그리고 성큼 안고 침실로 들어갔다. 징그러운 임금은 침을 질질 흘리며 당장에 욕심을 채우려 든다. 아내는 있는 힘을 다해서 항거했지만 연약한 여자의 몸으로 억센 임금의 팔을 당해 낼 수가 없다.

마침내 마지막 힘까지 다했을 때였다. 임금이 기겁을 해서 뛰어 일어난다.

아내의 입에서 붉은 피가 흘러나왔다. 늘 하는 말버릇대로 입술을 깨문 것이다.

임금의 더러운 욕심 앞에 끝내 정조를 지키고 죽어간 아내의 시체는 도미에게로 돌아온다. 도미는 며칠이고 시체를 부둥켜안고 운다.

마침내 집안사람들이 보다 못해 뜯어 말리고, 뒷산 고요하고 경치가 좋은 자리에 장사지낸다.

도미는 진종일 아내의 무덤 곁을 떠나지 않는다. 눈보라가 휠휠 날리는 추운 겨울날 도미는 산소 앞에 엎드려 목 놓아 운다. 울고 또 울어도 슬픔은 가시지 않는다. 도미는 괴로움에 못 이겨 들고 온 술을 마신다. 술에 취해서 더 운다. 그러다가 산소 앞에 취해 쓰러진다. 쓰러진 도미의 머리 위와 온몸에 흰 눈이 수북이 쌓여 덮인다. 이튿날, 마을 사람들은 산소에 쓰러진 도미의 시체를 발견한다.

도미의 넓은, 무서운 임금도 계집사냥꾼도 없는 평화로운 고장으로 사랑하는 아내를 찾아간다.

"그런 슬픈 얘기 말아요."

도미의 꿈 이야기가 끝나자 아내는 이렇게 말했다. 아내의 두 볼에는 눈물자국이 남아 있었다.

"주인어른, 어서 일어나십시오."

이때 갑자기 밖에서 하인이 부른다.

"대궐에서 주인어른을 뵙겠다고 찾아오셨습니다."

도미는 가슴이 철렁했다. 급히 아내를 감추고 나가 보았다.

대궐에서 왔다는 사람을 보니 계집사냥꾼처럼 우악스럽지 않고 아주 점잖은 사람인 것에 우선 마음을 놓았다.

"이 댁 주인이시오?"

"그렇습니다."

"임금께서 급히 부르시니 같이 가 봅시다."

"무슨 일인데요?"

"나도 모르겠소. 그저 불러오라고만 하시니까."

임금의 말은 지상명령이었다. 어기면 당장 죽음이 있을 뿐이었다. 도미는 불안한 가슴을 억누르고 궁궐로 향했다.

임금이 도미를 부른 데는 무서운 흉계가 숨어 있었다.

도미의 아내가 아름답다는 소문을 임금은 오래전부터 듣고 있었다. 그렇지만, 계집사냥꾼을 여러 번 그 집 근처에 보냈지만 워낙 감쪽같이 숨어버리는 통에 번번이 허탕만 치고 돌아왔던 것이다.

그래서 이번에는 방법을 바꾸어 남편인 도미를 부르기로 한 것이었다.

임금은 도미를 극진히 대접했다. 산해진미를 차리고 좋은 술을 손수 부어주었다. 그것은 도미의 환심을 사기 위해서이기도 했지만, 그보다도 그렇게 가까이 하는 동안에 도미의 성격을 파악하려는 심사에서였다. 도미의 성격을 파악하고 나야 도미를 어떻게 다룰 것인지 짐작이 갈 것이라 여겨졌기 때문이었다.

'이 젊은이는 상당히 순진하고 고지식한 성미군. 그리고 자존심도 강하고...'

도미와 허물없는 말을 주고받는 동안에 임금은 도미의 성격을 이렇게 판단했다.

그러자, 한 가지 계교가 머리에 떠올랐다.

"그런데 도미, 이 세상에 여자처럼 못 믿을 것은 없어."

임금은 불쑥 이런 말을 꺼냈다. 도미는 어째서 갑자기 저런 소리를 하나 하고 그저 임금의 입만 바라보았다.

"무슨, 정조가 굳으니 부덕이 높으니 하면서 잘난 체하는 여자가 많지만, 그런 여자들도 으슥한 곳에서 달콤한 말로 꼬이면 엿이 더운 햇빛에 녹아버리듯 마음이 동하는 법이거든."

마음이 깨끗하고 고지식한 도미의 귀에는 임금의 이런 말이 지극히 더럽게 들렸다.

"그럴 까닭이 없습니다. 그런 여자는 진실로 정숙하지 못한 여자 겠지요."

도미는 참다못해 이렇게 답변했다.

"모르는 소리 말게. 내가 안은 여자의 수가 천 명도 더 되는데 천 명 다 그렇단 말이야. 그대는 여자를 얼마나 알기에 그런 말을 한 단 말인가?"

"소인이 아는 여자라고는 소인의 처밖에 없습니다. 그러하오니 다른 여자의 마음은 모르겠습니다만, 적어도 소인의 처만은 그 지조가 무쇠보다도 더 굳다는 것을 소인은 잘 알고 있습니다. 아마 목숨을 끊으면 끊었지 지조를 굽히지 않을 것입니다."

이렇게 말하면서 도미는 어젯밤에 꾼 꿈을 회상해 보는 것이었다.

도미의 말을 듣자 임금은 흡족한 미소를 지었다. 그 말은 바로 임금이 기다리고 있던 말이었다.

"자기 처를 굉장히 믿는 사람이로군."

임금은 비꼬듯이 말했다.

"비록 하늘이 무너지고 땅이 꺼지는 일이 있더라도 소인은 처의 마음만은 굳게 믿습니다."

"여자의 마음은 갈대와 같은 거야. 그대 아내도 여자인 이상 별 수 없지."

이 말을 듣자 도미는 불덩이 같은 것이 가슴에 치미는 것을 느꼈다. 가장 사랑하고 아끼는 아내를 더러운 임금의 입이 욕보인 것 같아 분노가 일었다.

"대왕께선 저의 아내를 모르기 때문에 그런 말씀을 하십니다."

도미는 차츰 임금의 꾀에 끌려 들어갔다.

"그야, 그대 아내의 마음을 내가 알 까닭이 있나? 시험해 보지 않고서는. 그럼 내가 그대 아내를 만나서 시험해 볼까?"

도미는 그제야 임금의 꾀에 빠진 것을 알았다. 그러나 그렇다고 임금과 마찬가지로 아내를 욕되게 하는 말을 할 수는 없었다.

"시험해 보신들 소용없는 일입니다."

겨우 이렇게 말할 뿐이었다.

"아냐, 꼭 시험을 해봐야겠어. 그대가 이제 와서 내 말이 옳다고 하면 그대 아내를 욕보이는 것이 되고, 내가 이제 와서 그대의 말이 옳다고 하면 한 나라의 임금으로서 실없는 말을 한 것이 되지 않는가?"

도미에게 이러지도 저러지도 못하게 만들어 놓고 임금은 곧 한 신하를 불렀다. 그리고는 그 귀에 대고 무엇인지 속삭였다.

얼마 후, 임금과 꼭 같은 복장을 한 신하가 궁궐을 빠져 나와 도미의 집으로 향한 것을 궁궐 안에 단단히 갇힌 도미는 전혀 모르고 있었다.

도미의 아내는 남편을 궁궐로 보내놓고 마음조리며 기다리고 있었다. 그런데 한낮이 되고 해가 다 져도 남편은 돌아오지 않았다.

'어쩐 일일까? 고약한 임금이 죽이기라도 한 게 아닐까?'

가지가지 망상이 뒤를 이어 떠올랐다. 부스럭하는 소리만 나도 남편이 아닌가 하고 내다보고, 먼 데서 발소리만 들려도 남편이 돌아오는 것이 아닌가 사람을 보내보았다.

이렇게 초조하게 기다리고 있는데 갑자기 문밖이 떠들썩해졌다.

그러더니 한 하녀가 뛰어들어 왔다.

"큰일났습니다. 임금님께서 오셨습니다."

그 말에 도미의 아내는 새파랗게 질렸다.

'기어코 나를 잡으러 왔구나.'

도미의 아내는 벽을 떠밀었다. 그리고는 급히 몸을 숨겼다.

아무리 밖에서 기다려도 도미의 아내가 나타나지 않으니, 임금이라고 한 사람이 벌컥 화를 냈다.

"이런 괘씸한 데가 있는가? 한 나라의 임금 된 몸으로 몸소 백성의 집을 찾아 왔는데, 주인이 없으면 그 아내라도 나와 맞을 것이지, 어디 숨었는지 대답도 없다니!"

그리고는 데리고 온 신하를 향해서 소리 질렀다.

"여봐라! 이 집에서 이렇게 임금을 몰라보는 것은 평소에 주인 된 도미라는 놈이 임금을 업신여기기 때문일 게다. 너 당장 궁궐로 달려가서 도미란 놈의 목을 베어오너라."

이 말을 듣자, 도미의 처는 더 이상 숨어있을 수가 없었다. 임금의 화를 돋우었다가, 정말로 사랑하는 남편의 목숨이 없어질지도 알 수 없는 일이었기 때문이었다.

아내는 급히 밖으로 뛰어나갔다. 그리고는 임금 앞에 꿇어 엎드렸다.

"죄송합니다. 마침 몸이 편치 않아 누워 있던 참이므로 누추한 꼴로 뵙는 게 죄송해서 늦었습니다. 자, 어서 이리로 들어오십시오."

천하일색이 만면에 웃음을 띠우고 이렇게 사과하니, 임금이란 자도 이내 마음이 누그러진 모양이었다.

"몸이 편치 않았으면 할 수 없지!"

하고는 성큼성큼 방안으로 들어왔다.

자리를 정하자마자 임금이란 자가 넌지시 도미 아내의 손목을 잡았다.

"내가 몸소 예까지 온 것은 다름이 아니라 그대가 천하일색이란 말을 듣고, 그대 남편에게 물려 달라고 했지. 그랬더니 그대 남편의 말이, 그토록 어여쁜 아내를 내놓기는 아깝지만 높은 벼슬을 준다면 응하겠다고 하지 않겠나? 그래서 그대 남편에게 높은 벼슬을 주었고, 그래서 그대를 나의 비나 다름없이 대하게 된 걸세."

도미의 아내는 이 말을 듣자, 그것이 모두 새빨간 거짓말이라는 것을 이내 알아차렸다. 도미는 자기 아내를 높은 벼슬은 고사하고 임금의 자리일지라도 바꿀 사람이 아니라는 것을 도미의 아내는 알고 있었다.

"자, 그러니 한 시라도 속히 서로 아름다운 인연을 맺도록 하세."

임금이란 자가 도미 아내의 손을 잡아끌었다.

'저편이 속이는 바에야 이편에서도 단단히 속여 줘야지.'

영리한 도미의 아내는 곧 기묘한 꾀를 생각해냈다.

"나라 임금께서 하시는 말씀이니 어찌 순종치 않겠습니까."

우선 이렇게 좋은 말을 해놓았다. 그러니까 임금이란 자가 더욱 조급히 굴었다.

"자, 그럼 어서 말을 들어야지."

"그러합니다만, 아까도 말씀드린 바와 같이 몸이 편치 않아서 누워있던 참이라 행색이 누추하기 이를 데 없습니다. 다른 분도 아닌 대왕님을 모시는데, 화장도 해야 하고 옷도 갈아입어야 하지 않겠습니까. 잠깐만 기다려주십시오."

도미의 아내가 이렇게 간청하니 임금이란 자는 들어주지 않을 수 없었다. 이제 와서 도망을 칠 까닭도 없을 것이라고 여겨지기도 했다.

"그러면 속히 치장을 하고 들어오너라."

임금이란 자가 이렇게 허락하자, 도미의 아내는 급히 방을 나왔다. 다른 방으로 건너간 도미의 아내는 은밀히 몸종 하나를 불러들였다. 그 몸종은 이 집안에 있는 몸종들 중에서 가장 어여쁠 뿐만 아니라 용모나 체격이 안주인과 흡사하여 모르는 사람들은 몸종이 아니라 친동생으로 잘못 볼 지경이었다.

"네게 한 가지 부탁이 있다. 나와 똑같이 치장을 하고 나 대신 저 임금이란 사람의 방으로 들어가 다오."

주인의 명령이면 무엇이나 다 듣는 종이었다. 즉시 그 몸종은 도미의 아내와 꼭 같이 옷을 입고 화장을 했다.

"그 방에 들어가거든, 한마디 말을 하지 말고 그 사람이 하라는 대로만 해라."

도미의 아내는 몸종에게 이렇게 일러주었다. 그리고는 몸종을 데리고 임금이란 자가 기다리는 방문 앞에까지 갔다.

"대왕님, 오래 기다리셨습니다."

도미의 아내는 우선 이렇게 인사를 했다.

"오 이제 치장이 다 됐나?"

하면서 임금이란 자가 일어나 방문을 열려는 기색이다.

"잠깐만 기다리십시오."

도미의 아내는 그것을 급히 말렸다.

"뭘 또 기다리라는 거냐?"

임금이란 자가 볼멘소리로 투덜거렸다.

"아무리 대왕님을 모시는 일이지만, 남의 아내로서 어찌 밝은 자리에서 모시겠습니까. 먼저, 방안에 켜놓은 불을 꺼주시기 바랍니다."

도미의 아내가 이렇게 부탁하자,

"그야 어렵지 않지."

하더니 방안의 불을 껐다. 그제야 도미의 아내는 몸종의 옆구리를 찔러 방안으로 들여보냈다.

임금을 가장한 그 신하는 여자가 말없이 들어오자, 자기도 아무 말 하지 않고 여자의 허리를 끌어안았다. 그리고는 급히 옷을 벗겼다. 여자는 그 신하가 하는 대로 맡겨둘 뿐 꼼짝을 않는 것이었다.

옷을 다 벗기자, 그 신하는 여자의 속옷 한 자락을 집어 들더니 벌떡 일어나서 껄껄 웃으며 말했다.

"내 임금의 몸으로서 아름다운 인연을 맺는데, 훌륭한 궁궐을 두고 어찌 이와 같이 초라한 백성의 집에서 하겠는가? 지금은 그저 그대가 내말을 듣는가, 안 듣는가 시험해 보았을 따름이다. 내일 다시 사람을 보낼 테니 몸단장 잘하고 궁궐로 들어오도록 해라."

그리고는 급히 도미의 집에서 나섰다. 그러나 실은 그 신하가 임금의 명을 받고 궁궐을 떠나올 때, 욕심 많은 임금은,

"네가 도미의 아내를 만나는 것은 어디까지나 시험해 보는 것에 지나지 않는 것이다. 나중에는 내 사랑을 받을 여자니까 그 전에 네 몸으로 더럽혀져서는 안 된다."

하고 단단히 일러주었다.

"그러면 어떠한 수단으로 시험을 하는 것이 좋겠습니까?"

하고 그 신하가 물어보았다.

"처음에는 진실로 관계를 맺는 듯이 굴다가 여자의 옷을 다 벗기고 난 다음 그냥 돌아오란 말이다. 그러면 여자의 마음도 시험해

보는 것이 되고, 여자의 몸은 깨끗한 채로 둘 수 있지 않느냐. 아

참! 도미에게 증거를 보여야 할 테니 여자의 속옷 한 자락을 가지

고 오도록 해라."

그래서 이러한 처사를 했던 것이다. 그 신하가 궁궐로 돌아가 보

고를 하자, 왕은 즉시 도미를 불러들였다.

"내가 뭐랬더냐? 여자의 마음은 갈대와 같다고 했지? 조금 전 내

신하가 가서 너의 아내와 관계를 맺고 왔다."

임금은 다짜고짜 이렇게 말을 했다.

도미는 기가 막혔다.

"그럴 까닭이 없습니다. 죽는 한이 있더라도 소인의 아내는……."

도미가 굳이 항변을 하려니까 임금이 목소리 높여 말했다.

"그래도 아직 요사한 여자의 마음만 믿고 고집을 부리니 어리석기

짝이 없는 인간이로구나. 정 그렇다면 내 증거를 보여주마."

"네? 증거?"

증거라는 말에 아내의 마음을 하늘 같이 믿고 있던 도미도 약간

마음이 동요했다.

"자, 이걸 보라. 이게 바로 네 아내의 속옷이다."

하고 그 신하가 가지고 온 속옷자락을 던져주었다.

도미는 급히 그 속옷자락을 집어 들었다. 뚫어지게 들여다보는 도

미의 손이 와들와들 떨렸다. 잠시 시간이 흘렀다. 와들와들 떨리던

도미의 손이 딱 멈추었다. 그와 동시에 도미의 입에서 시원스런 웃

음소리가 터져 나왔다.

"이것이 소인 아내의 속옷이라구요? ……하하하하하……당치도 않은 말씀입니다."

"무엇이? 네 아내의 속옷이 아니라구? 틀림없이 네 아내의 몸에서 벗겨왔는데 무슨 소리냐?"

"대왕께선 영리한 저의 아내에게 속으셨습니다."

"속다니?"

"이 속옷은 제 집에 있는 몸종의 것입니다. 얼마 전 장에 가서 소인이 직접 감을 끊어다 주었기에 잘 알고 있습니다. 그 몸종이 소인의 아내와 모습이 꼭 닮았기 때문에 아마 정조를 지키느라고 대신 들여보낸 것일 겁니다."

도미는 다시 한 번 소리쳐 웃어댔다. 그러자 임금은 새파랗게 질린 채 한참동안 두 주먹을 와들와들 떨면서 어찌할 바를 모르더니, 마침내 두 발을 구르며 소리소리 질렀다.

"아, 요 발칙한 것들 같으니라구. 내가 감히 누구라고 너희들 천한 것들이 나를 속이느냐? 한 나라의 우두머리인 임금을 속이는 게 얼마나 무서운 것인지 톡톡히 알려주겠다."

그리고는 힘깨나 쓰는 장사를 몇몇 불러들였다.

"저놈을 단단히 결박해라!"

장사들은 당장에 달려들어 도미를 결박했다.

"네 계집이 천하일색이라구 했지? 그렇게 예쁜 네 계집뿐 아니라,

모든 계집을 그 눈으로 보지 못하게 만들겠다."

임금은 벌떡 일어나더니 칼을 뽑아 들었다. 그리고는 도미에게 달려들어 무참히도 그 두 눈알을 빼어버렸다.

그 순간 도미는 정신을 잃었다. 도미가 다시 정신을 차렸을 때에는 앞 못 보는 장님이 되어 있었다. 그리고 그 몸은 배에 실려 한강 물 위를 한없이 떠내려가고 있었다.

임금이란 자를 감쪽같이 속여 보내서 일단 위기는 모면했지만 그 이튿날이 되어도 도미가 돌아오지 않자 도미의 아내는 계속 불안에 떨고 있었다.

'어째서 그분이 돌아오지 않는 것일까?'

'속인 것이 탄로 난 것이 아닐까?'

이렇게 마음을 졸이고 있는데 대궐에서 다시 사람이 왔다.

"대왕께서 이 댁 안주인을 궁궐로 부르시오."

대궐서 왔다는 사람이 무뚝뚝한 말로 이렇게 전했다.

어떻게 꾀를 부려 가지 않을 수도 있었지만, 이제는 요리조리 피하고 있을 수만은 없었다. 무엇보다도 남편의 일이 걱정되었다. 궁궐에라도 들어가야 남편이 어찌 되었는지 알 수 있을 것 같았다. 도미의 아내는 마음을 단단히 먹고 궁궐로 향했다.

궁궐에 당도하자 임금은 반색을 하며 맞아주었다. 어제 집에 왔던 사람은 물론 아니었다. 그러자 도미의 아내는 새삼 임금의 음흉한 마음씨에 몸서리치지 않을 수 없었다.

"소문에 듣던 이상으로 천하일색이로군! 자, 이리 들어와 앉지. 내 그대를 위해서 세상에 다시없는 선물을 장만했노라."

그리고는 시녀 하나를 불렀다.

"네가 맡겨둔 것이 있었지? 어서 가져오너라."

시녀는 나가더니 황금으로 만든 상자 하나를 가지고 들어와 임금에게 바쳤다.

"바로 이것이 내가 그대에게 주는 귀한 선물이니라."

하면서 임금은 그 황금상자를 도미의 아내에게 주었다.

"자, 어서 열어보아라! 무엇이 들어 있는지."

도미의 아내는 고운 손가락으로 황금상자를 열어보았다.

다음 순간,

"으악!"

하는 소리와 함께 도미의 아내는 황금상자를 떨어뜨리고 그 자리에 쓰러졌다.

황금상자 안에는 피가 뚝뚝 떨어지는 사람의 눈알이 들어있었다.

그 광경을 보자 임금은 미친 듯이 웃어댔다.

"어째서 그리 놀라느냐? 너에게 그보다 더 좋은 선물이 어디 있겠느냐. 네 모습을 천하의 일색이라고 알아본 것도 바로 그 두 눈알이 아니더냐?"

도미의 아내는 잠시 정신을 잃었으나, 모질고 영리한 이 여인은 이내 정신을 가다듬었다.

'두 눈알을 뺀 것으로 보아, 남편을 죽이지는 않았을 거다. 죽였으면 눈알을 뺄 필요가 없었을 테니까.'

우선 이런 생각이 들었다.

'죽이지 않았으면 어디 있을까?'

있는 곳만 알면 어떤 일이 있더라도 구해내서 도망쳐야겠다고 생각했다.

이제 자기 몸은 어찌 되든지 상관없다고 생각했다. 자기 때문에 억울하게 고생을 하는 도미를 어떠한 일이 있더라도 구해내야겠다고 생각했다.

"하하……놀랄 것 없다니까."

정신은 차렸지만 그대로 쓰러진 채 있는 도미의 아내 귓전에 이렇게 이죽거리는 왕의 음성이 들렸다. 살포시 눈을 떴다.

이글이글 타오르는 임금의 두 눈이 바로 맞닿을 듯이 가까이 와 있었다.

"너는 이제 내거다! 틀림없는 내 여자란 말이다!"

구역질나게 고약한 입김을 뿜으며 왕은 이렇게 속삭였다.

살며시 둘러보니, 방 안에 있던 자들은 어느덧 다 나가버리고 왕과 자기 단 둘만이 남아 있었다.

"이제 와서도 설마 거절하진 않겠지."

왕은 욕정에 떨리는 손으로 여인의 허리를 덥석 안았다.

그러자, 그때껏 그토록 쌀쌀맞게 굴던 도미의 아내가 싱긋이 웃음을 던졌다.

"오래 기다리고 있었어요. 대왕님을 모시게 될 날을……."

뜻밖에 반가운 말이었다. 왕은 그만 기쁨을 이기지 못해서 그 자리에서 욕심을 채우려고 했다.

"그렇지만, 한 가지 마음에 걸리는 일이 있어요."

왕의 손길을 조용히 막으며 도미의 아내는 이렇게 속삭였다.

"마음에 걸리는 일이라니……. 무엇을 꺼린단 말이냐."

참을 수 없는 욕정에 헐떡거리면서 왕은 말했다.

"아무래도 남편은 남편이니까요……."

"또 도미란 놈의 말을 하는 구나. 그놈은 벌써 내가 처치했느니라."

왕은 또다시 역정을 내며 소리쳤다.

도미의 아내는 처치했다는 말에 가슴이 철렁해졌다. 혹시 죽인 게 아닐까? 임금에게 마음에도 없는 아양을 떤 것도 도미가 어디 있는지 알아내기 위해서였다.

"그렇지만 시체라도 이 대궐 안에 있을 게 아닙니까?"

슬쩍 이렇게 건네 보았다.

"이 대궐 안에 그 놈의 것이라곤 이 눈알 두 개밖에 없다. 그러니 마음 쓸 것 없느니라."

"그럼 뒷산에라도 묻으셨나요?"

"강물에 띄워버렸느니라. 이제 앞을 못 보니 죽일 것까지는 없고,

그렇다고 여기 두면 네 마음을 산란하게 만들 것인지라 멀리 강물에 띄워 버렸다."

그 말에 도미의 아내는 겨우 마음을 놓았다. 이제는 죽지 않았다는 것도 알았고 어디로 갔다는 것도 알았다.

그런데 그 말을 듣고 나니까 새로운 걱정이 생겼다.

'가엾게도 앞을 못 보는 사람이 혼자 배에 실려 강물을 떠내려가니 어쩌면 좋을까? 앞을 보지 못하니 배를 젓지도 못할 테고…….그러다가 뒤집히기라도 하면 어쩌나?'

조바심이 났다. 그리고 한시라도 빨리 쫓아가서 도와주고 싶었다.

그런데 자기 몸은 지금 징그러운 임금의 품에 안겨 있는 것이었다.

어떻게 해서든지 이 더러운 품을 벗어나야겠다고 도미의 아내는 단단히 마음먹었다.

"이제 그만하면 아무 거리낄게 없겠지."

임금은 마침내 마구 덤벼들어 옷을 벗기려 했다. 그때 문득 도미의 아내는 한 가지 생각이 떠올랐다.

"잠깐만 기다려 주세요."

"뭘 또 기다려 달라는 거냐!"

"이대로는 너무나 더럽고 황송해서요."

"더럽다니? 당치도 않은 말이지. 이렇게 옥 같은 몸은 씹어 먹어도 좋을 텐데……."

"아닙니다. 정말 더러운 까닭이 있습니다."

"글쎄, 뭐가 더럽다는 말이냐! 어서 말이나 해보아라!"

"부끄러워서요."

자지러질 듯 떠는 아양에, 욕정에 사로잡힌 임금은 몸이 저릴 대로 저려왔다.

"부끄럽긴 뭐가 부끄럽단 말이냐. 그대와 나는 이제 부부나 다름이 없지 않은가?"

"부부지간이라도 부끄러운 일이 있답니다. 저 지금 몸이 나는 중이라서……."

월경을 하는 중이라서 더럽다는 것이었다.

"앙큼한 소리! 또 나를 속이려구?"

이제는 좀처럼 속을 것 같지 않았다. 하는 수 없이 마지막 수단을 쓸 수밖에 없었다.

방안을 둘러보았다. 창문 하나가 열려 있는데 그 밖이 아무도 없는 숲이었다.

"정 의심스러우시다면 증거를 보여드리겠습니다. 옷을 벗을 동안 잠깐만 돌아서 계셔 주십시오."

"아무래도 곧이들리지 않지만, 그만 청이야 들어줄 수 있지."

왕은 벽을 향해 돌아섰다. 그 틈을 타서 도미의 아내는 창밖으로 뛰어 내렸다.

쾅! 하는 소리에 임금은 깜짝 놀랐다. 돌아보니 이때껏 방안에 있던 여자가 간 데가 없었다. 임금은 목청껏 소리를 질렀다.

"누구 없느냐? 도미의 처가 달아났다. 그 년을 잡아오는 자에겐 무슨 상이라도 다 주겠다!"

궁궐 안의 무사란 무사가 총동원되어 도미의 아내를 찾기 시작했다.

창밖으로 뛰어내린 도미의 아내는 숲 속을 헤치고 들어갔다. 나뭇가지에 고운 살을 찢기면서도 계속 달렸다. 대궐 안이 떠들썩했다.

"저리 달아났나 보다!"

"아니, 이쪽으로 달아났을 거야!"

하면서 떠드는 소리가 바로 등 뒤에서 들려왔다. 도미의 아내는 쉬지 않고 숲 속을 헤치고 갔다.

갑자기 앞이 환이 트여왔다. 숲이 다하고 바로 앞은 내리깎은 듯한 절벽이 보였다. 그리고 그 아래엔 푸른 강물이 흐르고 있었다.

큰일이었다. 뒤에서는 잡으러오는 사람들의 아우성 소리가 들리고, 앞은 깎은 듯한 절벽이 가로놓여 있는 것이었다. 아무리 생각해도 도저히 그대로 내려갈 수는 없었다.

'이제는 틀림없이 잡히고 마는구나.'

이렇게 생각했을 때였다. 문득 한편, 고목나무에 감겨 있는 칡덩굴이 공교롭게도 절벽을 따라 아래까지 늘어져 있는 것이 보였다.

'하늘이 도와주시는 거다.'

도미 아내는 그 칡덩굴을 붙잡고 절벽 아래까지 내려갈 수 있었다.

그런데 절벽 아래로 내려가 보니, 또 한 가지 난관이 가로놓여 있었다.

도도히 흐르는 푸른 강물을 건너야 할 텐데 강가에는 나룻배 한 척도 없는 것이었다. 도미의 아내는 강가를 이리저리 뛰어가 보았다. 아무 데도 건너갈 곳이라곤 없었다. 그 때, 등 뒤에 와글와글 떠드는 소리가 들렸다.

"바로 저 아래 있다!"

잡으러 온 무사들이 벼랑 위에 서서 떠드는 것이었다.

그들은 아직 도미의 아내가 타고 내려온 칡덩굴은 발견하지 못한 모양이었다. 그래서 내려오지는 못하고 절벽 위를 왔다 갔다 하면서 이렇게 소리치는 것이었다.

이 기회를 놓치지 말고 도망쳐야겠다고 도미의 아내는 생각했다. 그자들이 칡덩굴만 발견하게 되면 당장에 잡히고 말 것이었다. 그러나 건너갈 길이 없었다.

마침내 도미의 아내는 그 자리에 주저앉아 하늘을 우러러보며 통곡을 했다.

"천지신명이시여! 굽어 살피소서. 소녀는 이 세상에 태어나 남에게 못할 짓이라고는 한 가지도 한 적이 없습니다. 소녀의 남편 도미도 마음이 착하고 어진 사람이어서 가난하고 불쌍한 사람이 있으면 도와주기는 할망정 해친 일이라곤 단 한 번도 없습니다. 그러하온데 이게 어쩐 일입니까? 황음무도^{荒淫無道 거칠고 음란한 행동을 일삼으}한 임금 손에 잡히어 저의 남편 도미는 아무
^{면서 인간의 도리를 행하지 않음}
죄도 없이 두 눈알을 잃고, 소녀는 지금 그 임금에게 잡혀 욕을
당하게 생겼습니다. 착한 자를 도우시고 악한 자를 벌하시는 것이
천지신명의 뜻이라면 소녀로 하여금 이 강물을 건너게 하시어 더
러운 자에게 욕을 당하지 않게 하심과 아울러, 불쌍한 남편을 찾
아 돌보아 줄 수 있도록 하옵소서."

뜨거운 눈물을 뿌리며 이렇게 빌고 나서 고개를 들었을 때였다.
그야말로 지극한 정성에 하늘도 감동한 모양이었다. 저 편에서 조각
배 하나가 둥실둥실 떠내려 오는 것이 아닌가? 도미의 아내는 급히
그 조각배를 잡아탔다.

배를 잡아탄 것을 보자 벼랑 위에 있던 무사들은 이제는 일이 다
글렀다고 생각한 모양인지 일제히 활을 쏘아대기 시작했다. 화살은
빗발처럼 앞과 뒤와 옆에 떨어졌다. 도미의 아내는 다시 천지신명이
보호해 줄 것을 빌면서 힘을 다하여 노를 저어갔다. 그리하여 무사
히 강을 건널 수 있었다.

강물을 건넌 도미의 아내는 바위틈에 몸을 숨기고 궁궐이 있는 곳
을 바라보았다. 무사들은 한참 동안 활을 쏘아대더니 마침내 단념했
는지 하나 둘 돌아가 버렸다.

'이제 위험한 고비는 넘겼다. 한시라도 빨리 남편을 찾아야겠다.'
도미의 아내는 근근이 다리를 끌고 마을을 찾아갔다.

어느 산기슭에 당도해 보니 조그만 초가집 하나가 있었다. 문을 두드렸다. 그랬더니 머리가 하얗게 센 노인이 낚싯대를 들고 나왔다. 아마 강에서 고기잡이를 하면서 살아가는 사람인 모양이었다.

그 노인은 이런 오막살이에, 뜻밖의 아름다운 여인이 찾아온 게 상당히 이상했던 모양이었다.

"누구시기에 이런 누추한 델 다 찾아오셨습니까?"

"여쭈어 볼 말이 있어서 그럽니다."

"무슨 말씀이신지요?"

"저는 사람을 찾고 있습니다. 혹시 그 사람을 보셨는지 해서요."

"이런 외진 곳에 사는 처지라 별로 사람을 만나지 못하지만 어떤 사람을 찾으시는지요?"

"바로 제 남편을 찾고 있습니다."

"어떻게 생긴 분인가요?"

"옷차림이나 체격은 보통 사람과 다름없습니다만, 두 눈이 멀었습니다."

"두 눈이 먼 사람이라? ……그래 그분이 이쪽으로 왔나요?"

"배를 타고 강물에 떠 있었다는 말까지 들었습니다만……."

"그 말을 들으니 생각이 납니다."

노인은 무릎을 탁 쳤다.

도미의 아내는 너무나 반가워서 다급하게 물었다.

"만나신 일이 있으십니까?"

"그러니까 오늘 아침나절이었지요. 저 아래 강에서 새벽 낚시질을 하고 돌아오자니까, 아 글쎄, 상류에서 배 한 척이 떠내려 오는데 돛대도 달지 않고 삿대도 없지 않습니까."

"그래서요?"

"하도 이상해서 배를 저어 그 곁으로 다가가 보았지요. 그랬더니 천하에 이런 끔찍한 일이 어디 있겠습니까? 두 눈에서 붉은 피를 줄줄 흘리는 사람이 쓰러져 있더군요."

"바로 그분이에요. 그분이 저의 남편이에요."

도미의 아내는 자기도 모르게 그 노인의 옷자락을 잡았다.

"그래서 어떻게 하셨습니까?"

"피를 흘리는 사람을 보고 그냥 있을 수 있나요? 그 배로 뛰어 들어갔지요. 어떠한 사람인지는 모르겠지만 이게 무슨 변이냐, 우리 집에 가서 치료를 할 테니 같이 가자고 했지요. 그랬더니 그 사람이 겨우 입을 열어 말하기를 그냥 내버려 달라는군요."

"그래서 그냥 떠내려가게 두었습니까?"

"그럴 수밖에 없지 않습니까?"

즉시 도미의 아내는 강가로 달려갔다.

이제는 무서운 것도 느끼지 못했다. 혼자 피를 흘리며 강물을 떠내려가는 남편의 모습만이 떠올라 너무도 가슴이 아팠다.

도미의 아내는 강 하류로 배를 저어갔다. 눈물이 자꾸 앞을 가렸다.

한참 동안 떠내려가자니까, 강가에 사람들이 많이 모여 있었다.

도미의 아내는 문득 불길한 예감이 들어 배를 그리로 대어 보았다.

"무슨 일이 있었나요?"

하고 한 사람에게 물어보았다.

"빈 배가 한 척 떠내려 왔다우."

한 아낙네가 이렇게 말했다.

"빈 배가요?"

하면서 그 배를 보니 틀림없이 나라에서 쓰는 배였다. 남편이 탔던 배가 틀림없었다.

"이 배에 탔던 사람은 어떻게 됐나요?"

"어디로 갔는지 사람은 없고 배만 흘러 내려왔대요."

도미의 아내는 눈앞이 캄캄해 왔다. 배가 뒤집혀서 남편이 틀림없이 죽었을 거라고 생각되니 자기도 당장에 물속에 뛰어들어 죽고만 싶었다.

'그렇지만 죽을 수는 없어, 남편의 시체라도 찾아서 장사라도 지내 주어야지.'

엊그제 남편이 들려준 꿈 이야기가 생각났다. 자기 산소 앞에서 남편이 술을 먹고 울다가 얼어 죽은 이야기 말이다.

도미의 아내는 배를 저어 자꾸 강을 흘러내려가면서 만나는 사람마다 남편의 일을 물어보았다. 그러나 아는 사람이라곤 아무도 없었다.

어느덧 날이 저물었다. 어둠 속을 배를 저어 갈 수도 없고, 또 사람을 찾기도 어렵다고 생각한 도미의 아내는 마침 그 근처에 있는 섬으로 배를 댔다.

강가에 배를 메고, 하룻밤 묵을 집을 찾아보았지만, 그 섬에는 아무리 돌아다녀도 집 한 채 없는 무인도였다.

'……하는 수 없다. 나무그늘에서라도 밤을 새우자.'

이렇게 생각한 도미의 아내는 큰 느티나무 하나를 발견하여 그리로 향해 갔다. 그런데 그 느티나무 아래에 도착한 도미의 아내는 그만 자지러지게 놀라고 말았다. 어떤 남자가 그 밑에 누워 있는 것이었다. 어스름한 달빛 속에서나마 자세히 살펴보니, 그것은 전신에 피투성이가 되어 쓰러진 남편이었다.

"여보!"

하고 도미의 아내는 달려들었다. 그 목소리에 쓰러져 있던 도미가 벌떡 일어났다.

"이게 누구요?"

"나예요! 바로 당신의 아내예요."

두 사람은 서루 부둥켜안고 목 놓아 울었다.

도미의 아내는 우선 맑은 물을 떠다가 남편의 상처를 깨끗이 씻어주었다.

그들은 그날 밤을 거기서 새우고 날이 밝자 강 건너로 인가를 찾아갔다. 먹을 것도 구하고 약도 얻어 발랐다. 그러고 나자 도미는 차차 기운을 차렸다.

"그런데 여보, 내 생각으로는 여기서 오래 지체할 수는 없을 것 같소. 임금이 우리 있는 데를 알면 당장 잡아갈 게 아니오?"

도미가 이렇게 말했다.

"그렇지만, 그렇다고 무슨 도리가 있어요?"

도미의 아내는 한숨을 지었다.

"이웃 나라 고구려는 어진 임금 아래 백성들이 복되게 살고 있다고 하오. 그리로 가서 여생을 마치기로 합시다."

두 사람은 즉시 변장을 하고 고구려를 향해 떠나갔다.

물론, 개루왕은 방방곡곡에 사람을 놓아 도미와 그의 아내를 잡아들이라고 명령했지만, 그들은 무사히 백제 국경을 넘어 고구려로 들어가서 행복하게 여생을 보냈다고 한다.

여섯 번째 이야기
화근이 된 배꼽 밑의 점

신라가 삼국을 통일하여 부강한 국력과 찬란한 문화를 세계에 자랑했지만, 그 천 년의 영화도 쇠퇴할 운명에 기울고 있었다.

솔거와 같은 유명한 화가도 오랫동안 나오지 않다가, 신라말기에 이르러서야 당나라로부터 귀화한 유명한 한 화가가 있었다. 불상화를 잘 그리던 그 화가의 이름은 전해져 있지 않고, 오직 그 화가가 그린 그림의 이야기만 남아 있다.

이 일화는 그 화가가 신라에 귀화하기 전, 중국에 있을 때의 이야기다.

당나라 황실에는 삼천궁녀 가운데서도 황제가 특히 총애하는 재색을 겸비한 미희가 한 명 있었다. 그러나 천하일색도 늙으면 시든 꽃과 마찬가지로 추해지며, 늙어 병들면 죽어서 흙이 되고 만다는 인생의 무상을 느낀 황제는 이 아리따운 궁녀의 모습을 영원히 보존하고 싶었다.

이렇게 황제는 총애하는 미희의 아리따운 청춘의 모습을 그림으로나마 그려서 영원히 보존하고 싶었던 것이다.

"옛날의 미인들도 백 년을 살지 못했으나 유명한 화가의 붓 재주로 남아서 후세 사람의 눈을 즐겁게 하고 있다. 나도 내가 사랑하는 궁녀의 모습을 그림으로나마 그려서 영원히 젊은 꽃으로 보존하고 싶다. 그리하면 그 그림 또한 명화가 될 것이다. 얼굴의 화상뿐만 아니라 몸 전체의 자태도 똑같게 그리도록 해라."

이것이 화가에 대한 특별 분부였다.

"소신의 재주와 정성을 다해서 그리도록 하겠습니다. 일찍이 저에게 이렇게 영예로운 일은 없었습니다."

감격한 화가는 바로 궁녀의 초상화를 그리기 시작했다.

천하일색의 궁녀를 자기 그림의 모델로 삼아서 지척에 두고 그리던 화가는 어느 틈에 때때로 움직이던 붓을 쥐고 멍하니 궁녀의 얼굴만 쳐다보곤 하는 일이 생겼다.

붓끝으로 그려낼 수 없을 만큼 미묘한 그 궁녀의 미소를 어떻게 다루어야 좋을지 몰랐기 때문이었다.

처음에는 표현에 대한 고민이라고만 생각하던 화가는 그것이 자기의 혼을 사로잡은 궁녀의 황홀한 매력이라는 것을 깨닫고 당황해했다.

화가는 이제는 궁녀의 아리따운 모습을 그리겠다는 예술의 욕망보다는 오히려 그 궁녀의 매력을 자기의 몸으로 느껴보고 싶은 충동에 사로잡혔다. 그러나 황제가 총애하는 궁녀에게 감히 자기의 뜻을 한마디도 고백할 수는 없었다.

이렇게 화가가 궁녀를 동경하는 심정은, 무언중에도 궁녀에게 통했던 모양이었다. 그 궁녀 역시 재주가 놀랍고 용모가 준수한 화가에게 호감을 느끼고 무의식중에 추파까지 던지곤 했다. 물론 가망도 없는 순간적인 애정의 표현에 지나지 않았지만.

'내가 화가가 아니고, 황족의 몸이었다면⋯⋯.'

화가는 이렇게 신세한탄을 했다.

'내가 황제의 총애를 받지 않는 여염집 여자라면⋯⋯.'

궁녀도 화가 때문에 그런 엉뚱한 상상을 하고 있었다.

말이 없는 사이에 그들은 서로에게 애정을 느끼고 있었던 것이다.

화가는 궁녀의 애달파하며 자신을 바라보는 시선에 전신의 신경이 마비되어 거의 실신할 정도였다.

"아차!"

맥이 풀려버린 화가의 손에서 그림붓이 떨어지고 말았다.

"어머나!"

궁녀도 그것을 보고 일부러 크게 놀라는 표정을 지어보였다. 자기에게 호의를 갖고 황홀해 하다가 저지른 실수였다는 것을 느끼고 기뻤던 것이다.

"그림을 더럽혀서 황송하옵니다."

화가는 궁녀에게 사과했다. 떨어뜨렸던 채색 붓이 엷은 비단치마를 그린 화폭에 떨어져서 불필요한 오점을 남기게 되었다.

"옥에도 티가 조금 있는 게 옥을 도리어 아름답게 보여주는 법이에요. 걱정 말고 그냥 두세요."

궁녀가 호의 넘치는 말로 위로해 주었다.

"그러나 폐하께서 잘못 그렸다고 하실까 두렵습니다."

"그럼, 내가 나중에 치마 그 위치에 그 점 모양으로 무슨 칠을 해두겠어요. 그럼 똑같이 그리시래서 그 점까지 그렸다고 황제에게 변명할 수 있지 않겠어요."

"황송합니다. 실은 다시 그린다고 해도 이만큼 그릴 자신이 없습니다. 그렇게까지 염려해 주신다면 그냥 두도록 하겠습니다."

하고 화가는 그 얼룩의 채색을 물로 씻어서 희미한 흔적을 남겨두는 것으로 그쳤다.

그러나 화가는 이 때문에 궁녀로부터 자기를 동정하는 친절한 말을 들을 수 있었으므로, 실로 행운의 낙필인 얼룩이 무상의 복점으로도 여겨졌다.

그런데 문제는 그 낙필의 오점 위치가 황제의 질투를 사는 필화가될 줄은, 화가도 궁녀도 생각지 못했다. 그림의 그 얼룩은 지웠어도 자국이 남았는데 그것이 공교롭게도 궁녀의 배꼽 아래 위치였다.

완성된 궁녀의 초상화를 받아 본 황제는 너무도 감탄했다.

"과연 일류화가의 붓으로 된 명화다. 그려진 인물도 미인이지만, 명화가의 솜씨가 아니곤 못 그릴 명화다!"

이렇게 감탄하면서 오래 감상하던 황제는 궁녀의 배꼽 밑, 엷은 비단 치마 속에서 비치는 불그레한 점을 발견하고는 돌연 안색이 변했다.

'아니, 이놈의 화가가 어떻게 궁녀의 배꼽 밑에 있는 점까지 그렸을까!'

그 점의 소재를 아는 사람은 궁녀 자신과 그녀의 나체를 애무할 수 있는 황제 이외에는 없었다. 그리고 그것은 그 누구도 알아선 안 될 비밀이었다.

'이놈이, 궁녀의 배꼽 밑의 점까지 알게 되었을 때에는 그만한 죽을 죄를 범했을 것이다!'

황제는 그 점이 총애하는 궁녀가 화가와 간통한 명백한 증거라고 오해하고, 타오르는 질투의 불길을 참지 못했다. 그러나 그런 추문을 폭로해서 화가를 벌하기도 창피했고, 또 그런 실수를 책해서 궁녀를 쫓아내기에는 궁녀의 미모가 너무도 아까웠다.

황제는 화가만을 아무런 죄명도 밝히지 않고 옥에 잡아넣었다. 그러나 정작 대경실색한 사람은 본인보다도 궁녀였다.

궁녀가 황제에게 계속 석방해 줄 것을 요청했으나 그 점이 낙필의 얼룩이라는 것은 거짓말이라고 하며 황제는 들어주지 않았다.

궁녀는 마지막으로 재상에게 그 이유를 사실대로 자세히 설명하고 황제의 오해를 풀어서 억울한 화가의 생명을 구해 달라고 청했다.

재상도 화가의 인품을 존경했고, 사실이 낙필의 얼룩인 것을 확신했으므로 황제에게 누누이 해명을 했다.

"그놈의 재주가 그리 좋고 인품이 고결하다면, 어젯밤에 내가 꾼 꿈의 광경을 그림으로 그려 바쳐보도록 하시오. 그것이 맞으면 내 용서하리다."

황제는 불가능한 일임을 뻔히 알면서도 주문을 한 것으로, 결국에는 사형에 처하겠다는 핑계에 지나지 않았다. 재상도 더 이상 어쩔 도리가 없어 옥중의 화가에게 그대로 전했다.

억울한 오해로 황제의 노여움을 사고 옥중의 몸이 되어 죽을 날만 기다리던 화가는, 황제가 자기의 꿈을 알아서 그림으로 그려 바치면 살려준다는 소식을 듣기 전날 밤에, 사실 이상한 꿈을 꾸었다. 그 꿈은 이랬다.

화가는 자기를 새로 그렸다. 그것은 옥중에서 벗어나서 그리운 궁녀를 한 번 만나보고, 당신과의 사랑이 인연이 되어 죽게 된 것은 비록 오해에서 비롯됐지만 오히려 행복한 죽음이라는 것을 알리고서 죽고 싶은 마음에서였다.

달이 밝은 밤에 스스로 그린 봉황새가 된 화가는 날아서 높은 대궐의 담을 넘고, 또 넘어서, 그 궁녀가 자고 있는 침실 창문 앞의 오동나무 가지에 앉아서 짝을 부르는 처량한 소리로 울었다.

역시 사랑을 느꼈던 화가가 자기 때문에 억울하게 죽을 것을 슬퍼하며 잠을 이루지 못하고 있던 궁녀도 창문 밖 오동나무에서 봉황새가 우는 소리를 듣고, 잠옷을 입은 채로 정원으로 나왔다. 그러자 오동나무 위에서 울던 봉황새는, 인간 모습을 한 화가로 다시 변해서 나무에서 뛰어내려 궁녀의 손을 잡고 감격하여 떨기만 했다.

"아아, 당신이 오셨군요. 어서 들어오세요. 어서어서!"

궁녀는 화가의 손을 끌고, 향내가 진동하는 화려한 궁전의 침실로 들어갔다.

"나도 당신을 사랑했지만 대궐이라는 울안에 갇혀 있는 몸이라 그저 제 신세를 한탄하며 울고만 있었어요. 당신도 나 때문에 억울하게 옥에 갇혀서 고생하지만, 나도 당신을 보고 사랑하게 된 그 순간부터 옥에 갇힌 것과 같은 고통 속에 있었어요. 아까 당신이 봉황새가 되어 날아왔으니, 어서 다시 우리 둘이 봉황새로 변해서 자유로운 천지로 날아가게 하세요. 대관절 당신은 어떻게 봉황새로 변해 오셨어요?"

"내가 그린 그림으로……."

"자아, 그럼 어서 당신과 나를 한 쌍의 봉황새로 그리세요. 그래서 우리 둘이 쌍으로 하늘을 날아 먼 자유로운 곳으로 도망가 정답게 살도록 해요."

궁녀는 화가에게 몸을 안기면서 애원했다.

"그러면 정말로 황제가 노하시게요."

화가는 아직도 황제의 총애를 받고 있는 궁녀와 사랑의 도피를 한다는 것에 대해 죄스러운 생각이 들었다.

"그런 약한 소리 할 때가 아녜요. 나는 다만 늙은 황제의 노리개 감으로 몸을 희롱당하고 있는 산송장일 뿐이에요. 남들은 나라 제일의 호강을 한다고 부러워하지만……. 더구나 당신을 만난 뒤로는 계속 당신이 그리워서 잠도 못 자고 지내느라고 이렇게 말라버렸어요."

"그러나 우리가 새로 변해서 도망을 해도 황제가 다스리는 나라에선 자유롭게 살 곳이 없습니다. 서로 마음으로 사랑하면서 깨끗이 죽으면, 그 사랑이 더욱 아름답지 않겠습니까."

"그건 화가인 당신이 그림으로 그려보는 아름다운 꿈에 지나지 않은 인생이에요. 나는 당신의 품에 안겨서 사는 실제 생활을 하고 싶어요. 사람이 살 수 있는 나라가 왜 천지에 당나라 하나뿐인가요? 바다 건너엔 신라라는 좋은 나라가 있다는데요."

"그렇다면, 우리 봉황새가 되어 당신은 이 대궐이라는 감옥에서 벗어나고, 나는 진짜 감옥에서 벗어나 신라로 날아갑시다. 자, 어서 그림 그릴 지필을 주시오."

화가도 자기들 청춘남녀를 한 쌍의 봉황새로 그릴 것을 결심했다.

"아이 좋아라!"

궁녀는 소녀와 같이 기뻐하면서, 화가의 목에 두 손을 감고 매달리며 얼굴을 화가 가슴속에 묻고 비벼댔다.

애정의 피가 끓어오른 화가는 새가 되어 먼 바다를 건너가기도 전에 인간의 몸으로 궁녀와의 사랑을 흡족하게 맛보고 싶어졌다. 그래서 마지막으로 궁중 금침에서 첫날밤의 결합을 했다.

화가는 비로소 문제가 된 궁녀의 배꼽 밑의 점을 눈으로 볼 수 있었다. 화가는 다시 촛불을 밝히고 그림붓을 들었다.

"어서, 날이 밝기 전에 봉황새 한 쌍을 그려요!"

궁녀가 행복한 기대 속에서 재촉했다.

"가만 있자, 바다를 건너서 신라까지 날아가려면 봉황새 날개의 힘으로는 어려울 텐데……."

"그럼 붕새鵬_상상의 큰 새로 한번에 9만 리를 난다고 함가 됩시다. 붕새면 어디까지라도 단숨에 날을 테니까."

"붕새면, 우리가 그 새로 변하지 않고 그냥 인간의 몸으로 타고 가도 되겠군요."

궁녀는 한때나마 새로 변하는 것에 일종의 불안을 느꼈던 모양이었다.

그런데 그때 마침 대궐 안에서 만세 소리가 나며 소란스러워졌다.

"대궐 안 오동나무에 봉황새가 와 앉은 것을 폐하께서 직접 보셨다 합니다. 나라에 큰 경사가 있을 징조라고 하시면서 갑자기 경축행사 준비를 하라는 분부이십니다."

나인이 침실문 밖에서 궁녀에게 이렇게 알렸다. 화가는 그리려던 화필을 툭 떨어뜨리며 당황해 했다.

"또 낙필하셨군요."

화가보다는 오히려 침착한 궁녀의 말이었다. 그러나 위급한 시간이 점점 다가오고 있었다.

"오늘 밤엔 그림을 그릴 시간이 없으니, 내일 밤에 다시 와서 그리겠소. 하루만 더 참고 기다려요."

"네, 그럼 내일 밤에 꼭 오세요."

화가는 얼른 떨어뜨렸던 붓을 들어서 봉황새 한 마리를 그렸다.

그와 동시에 그의 몸은 봉황새로 변해서 다시 오동나무 가지 위에 앉아서 한마디 소리 높이 울었다.

정원 저편에 있는 대궐에서는 황제가 또다시 봉황새를 발견하고 희색이 만연해져서 이제는 진짜 궁녀의 간부가 된 화가의 화신인 그 상서로운 새를 향해서 무수히 절을 했다. 봉황새가 되어 대궐의 담을 넘어가 그리운 궁녀를 만나고, 또다시 인간의 몸이 되어 궁녀의 나체를 애무하면서 문제의 배꼽 밑의 점까지 똑똑히 보았고 신라로 사랑의 망명까지 약속했지만, 깨고 보니 모두가 옥중에서 꾼 일장의 춘몽이었다.

'그러나 꿈에서라도 궁녀의 사랑을 얻었고, 문제의 배꼽 밑의 점까지 내 눈으로 보았으니 이제 죽어도 여한이 없다…….'

화가는 이렇게 단념할 수밖에 없었다. 그러나 그가 살아날 수 있는 기적이, 궁녀의 지성을 통해 그 꿈이 암시해 주었다.

"폐하께서 어젯밤에 꾸신 꿈을 네가 그림으로 맞힌다면 옥에서 풀어주신다는 분부이시다."

전옥이 전하는 이상한 소식이었다. 그런 말을 전하는 전옥도 화가의 운명을 가엾게 여기는 눈치였다.

"아무리 그림을 그리는 재주가 뛰어나다해도, 폐하께서 꾸신 꿈까지 알아서 그릴 수야 있겠느냐. 하지만 상서로운 봉황새가 궁중에 나타나서 나라에 큰 잔치가 있으니까 머지않아서 대사령이 내릴지도 모르겠다. 그때나 기다려 보자."

화가는 전옥이 조롱 겸 위로 겸 한 말을 듣고는 한 가지 생각이 번뜩 떠올랐다.

'황제가 어젯밤에 대궐 안에 나타난 봉황새를 본 것은, 내가 봉황새가 되어서 궁녀를 만나러 갔을 때, 황제 역시 꿈으로 본 것이다. 그러니 그 꿈속의 내 모습이던 봉황새를 그려서 보내자.'

화가는 이것이 꿈속에서 약속한 대로 궁녀와 함께 사랑의 도망은 못할망정, 자기의 몸만은 구할 수 있는 길몽이라고 믿었다.

그래서 그 궁녀의 침실 앞 오동나무 가지 위에 앉은 봉황새 한 마리를 그려서 황제에게 보냈다.

황제는 그 그림을 받아보고 또다시 놀랐다.

자기가 꿈에서 본 봉황새의 모습과 똑같았기 때문이었다.

아직도 궁녀와의 관계에 대한 오해가 다 풀리지 않았지만, 궁녀와 재상에게 한 약속이라 화가를 감옥에서 석방했다.

"과연 신통력을 가진 천재화가로다!"

이 소식을 들은 사람들은 모두 놀라워했다. 그 중 궁녀가 가장 반가워했지만, 석방된 그 화가를 다시는 만나지 못한다는 사실 때문에 슬픔에 휩싸였다.

감옥에서 풀려난 화가는 이 나라에서 다시는 그림을 그리지 않을 결심을 했다. 그림이 인연이 되어 궁녀와 같은 절세미인과 사랑을 느껴볼 수도 있었고 꿈속에서나마 사랑의 절정도 맛보긴 했지만 제 명에 죽지 못할 것이 뻔했던 의외의 화도 있다는 것을 체험했기 때문이었다.

그래서 일체 그림을 그리지 않았다. 그러나 그런 결심은 며칠 가지 못했다.

'그림을 버린 채 내가 무슨 보람으로 살겠는가? 밥 먹고 똥만 누는 산송장에 지나지 않는다.'

그는 그 뒤로 사는 것이 죽는 것만 못하다는 고민에 계속 빠져있었다.

'나를 살려 준 꿈에서도 궁녀와 함께 살기 좋은 신라로 도망가자는 약속을 했으니까, 그 나라로 가보자. 그 나라에는 내 그림을 알아 줄 임금과 백성들이 있을 것이다.'

꿈으로 살아난 화가는, 또다시 앞날에 대한 희망을 꿈에 걸어보게 되었다.

그는 신라에 귀화해서 영원히 신라에서 살다가 신라의 흙이 될 결심을 했던 것이다. 그러나 현실은 꿈과 달라서 자신이 그린 붕새로 화할 수 있거나, 그 붕새를 타고 바다를 건너 갈 수 있는 신선의 몸이 아니었다.

그는 때마침 불교를 연구하려고 당나라에 왔다가 돌아가는 신라의 중들에게 동행해 달라고 청했다.

"아! 당신과 같은 당나라의 대가가 우리나라에 가주시면, 나라에서나 백성들 모두가 크게 환영해 드릴 것입니다. 당나라에서도 유명한 당신의 부모님 그림을 우리 신라 불당에 그려주시면 이 얼마나 고마운 불연이겠습니까."

이런 뜻밖의 환대로서, 일종의 국빈과 같은 문화사절로서 화가는 신라에 건너왔다.

그는 처음부터 신라에 귀화해서 영주할 희망이었으므로 그것을 표시하자 곧 나라에서도 그에게 진골의 신분을 주고, 훌륭한 집과 종을 내려주었다.

그 뒤로는 그가 그리는 훌륭한 불상화의 보수만으로도 큰 재산을 이루게 되었다고 한다.

일곱 번째 이야기

기지로 사랑 얻은 기생

초여름 어느 날 저녁, 석양이 물든 예빈동 천변을 비틀거리며 걸어가는 두 사나이가 있었다. 그 뒤에는 거문고를 안고 따르는 하인까지 한 사람이 있었다.

"여보게, 우리들이 이 세상에서 제일가는 호걸은 호걸일 걸세. 이만하면 호걸이 아니고 무엇이겠는가. 자아, 이번에는 우리 남계의 집에 가서 한 잔 마시고 한 곡조 타보세."

그들은 이런 말을 지껄이며 걸어갔다.

그들 중 하나는 예조판서 성현의 아들 성세창이요, 하나는 소자파의 아들 소세양이었다. 다 같이 부귀한 집 자제들로서 그네 부모들은 세상이 장차 어지러워질 것을 알고 자제들에게 관계에 들어가지 못하도록 하기 위해 처음부터 선비의 길을 닦게 하지 아니하고 마음대로 풍류객으로 지내도록 하였다.

이 날도 성세창은 소세양 집에 와서 작은 사랑에서 종일토록 술을 마시고 거문고를 타다가 흥이 다하지 못하여 밤놀이를 계속하기 위해 역시 거문고 동무가 되는 그의 친구 남계의 집으로 찾아가는 중이었다.

바로 그때였다. 지나가는 길가 골목 안 어느 집에서 외마디 비명 소리가 들려왔다.

"사람 살려……."

연거푸 외치는 소리에 두 사람은 깜짝 놀라서 발걸음을 멈추고 동정을 살폈다. 분명히 골목 안 기생집에서 흘러나오는 소리였다. 비단을 찢는 듯한 계집의 목소리였다. 원체 성격이 활달한데다가 약간 취기까지 겸하게 된 성세창이 소리 나는 쪽으로 재빨리 뛰어 들어갔다. 그리고 그 집에 들어서보니 방 안에서 계집과 사나이가 퉁탕거리는 모양인데 방문이 안으로 잠겨있었다.

그는 문을 걷어차며 소리를 질렀다.

"문 열어라, 이놈, 냉큼 문을 열지 못하겠느냐?"

목소리가 워낙 우렁차서 안에서 할 수 없이 문고리를 벗기고 방문을 열었다. 방문을 열고 안을 들여다보니 방 안엔 나이 30쯤 된 사나이가 칼을 빼어들고서 20세가량 된 젊은 계집의 머리채를 휘어잡고 계집을 찌르려하던 참이었다.

성세창은 우선 형세가 급하므로 문이 열리기가 무섭게 달려들어서 그 자의 손에 들린 칼부터 빼앗고, 그놈의 멱살을 잡고 당장 주먹질을 할 태세였다.

그러자 그자가 오히려 이렇게 호령을 하는 것이었다.

"이놈, 너는 웬 놈인데 남의 집 내외 싸움에 뛰어들어서 주제넘게 참견이냐?"

이 말을 들은 성세창이 가만히 생각해 보니 맞는 말이었다.

비록 사람을 죽이려는 칼부림이 있다 하더라도 이웃 사람들이 다들 모른 체하는 내외 싸움에, 더욱이 점잖은 체통에 남의 집에 들어와서 내외가 싸우는 것을 말리다가 이런 봉변을 당하는 것이 아무리 취중이라 해도 적지 아니한 실수였다.

무안한 마음에 멱살 잡은 손을 약간 늦추려고 하는데 별안간 계집이 앙칼지게 소리를 질렀다.

"원 저런 멀쩡한 것 보아. 누가 누구의 계집이란 말이냐. 별 더러운 소리를 다 듣겠네. 이놈아, 내게 그런 말이 나오느냐?"

이때에 비로소 성세창도 힘을 얻어 다시 소리치기 시작했다.

"이놈, 멀쩡한 놈이로구나. 백주에 칼까지 가지고 설치며 그러고도 내외간 싸움이라고 거짓말까지 하니 이런 놈은 당장 관에 알려서 혼 좀 내줘야겠다."

성세창이 다시 그 자의 멱살을 더 단단히 움켜쥐려고 하자 그자는 겁이 났던지 갑자기 홱 뿌리치고는 밖으로 뛰어나가 버렸다.

성세창이 쫓아나가면서 붙들려고 하자 성세창의 소매를 계집이 붙들었다. 그리고는 약간 교태까지 부리며 말했다.

"서방님, 그까짓 고주망태 녀석을 더 탓하실 게 뭐 있습니까. 인
제 도망쳤으니 그대로 두시고 이리 앉으십시오."

성세창이 비로소 계집을 돌아보니 노변에서 웃음을 팔 만큼 요염
한 자태를 지니고 있었다.

앉으라고 가리키는 자리에 앉으려다 성세창은 이곳이 기생방임을
알았다.

아무리 취중이라도 차마 그렇게 한다는 게 꺼림칙했다. 주저하고
있으려니까 계집이 무엇을 깨달은 듯이 말했다.

"참 죄송한 말씀을 했습니다. 이 방에야 어찌 앉으십사고 하겠습
니까? 저 방으로 가시는 게 좋겠습니다."

"아닐세, 나는 곧 가야겠네. 밖에 동행도 있으니까……."

"아니옵니다. 젊으신 분이 옷고름이 이렇게 떨어진 옷을 입고 어
디를 나가시겠습니까. 천천히 옷고름을 달아 입으시고 돌아가십
시오. 동행하신 분도 잠깐 들어오시라 합지요."

성세창은 그제야 옷고름이 떨어진 것을 알았다. 차마 그대로 나갈
수가 없어서 뒷방으로 옮겨가 앉으려니 동행했던 소세양도 들어왔
다.

"이 사람아, 원 주정꾼의 싸움까지 가로 맡아가지고 야단인가, 어
서 일어나 가세."

그러자 계집은 소세양까지 맞아들여서 앉힌 후에 인사를 민첩하

게 하고 밖으로 나가더니 미리 준비를 해두었던지 주안상을 들여와 향기 나는 술을 따라주며 권했다.

두 사람은 아까 마신 술을 깨려고 컬컬하던 판에 몇 잔을 더 마시자 아주 기분 좋게 취해버렸다. 소세양이 살펴보니 성세창은 그 계집에게 호의를 가진 듯했으며 계집도 성세창에게 애교와 추파를 연거푸 보내는 것이었다.

성세창은 처음에는 어찌되어 들어왔든지, 몇 잔 술에 취기를 못이기는 체하며 픽 쓰러져 버렸다. 그러자 소세양은 그대로 일어서면서 성세창에게 먼저 가겠노라고 말했다. 성세창은 그저 머리만 끄덕거렸다.

소세양이 나가자 그때야 성세창이 일어나 앉으면서, 계집을 보고어서 옷고름을 달아달라고 청하며 빨리 가겠노라고 말했다.

계집은 반은 원망조로 반은 애교를 담고, 그러나 나중엔 눈물까지흘려가며 자기의 내력을 이야기하기 시작했다.

"예빈동 계향이라면 아마 한양 안의 뭇 건달 쳐놓고 미워하지 않는 건달이 없을 것입니다. 그것은 계향의 마음이 꼬장꼬장하여 몸은 비록 천한 계집이라 하지만, 웃음을 팔지언정 정조는 팔지 아니했던 때문입니다. 그것은 제 몸이 높아서 보다도, 계향의 눈에는 이 세상에 사나이다운 사나이가 없었던 까닭입니다. 그러던 터에 이즈음 이 근처로 지나다니시는 서방님을 창밖으로 엿보다 비로소 사나이다운 사나이를 찾은 듯했습니다. 그러나 쉽사리 그분을 뵈올 기회가 없어서 여러 달 마음으로만 사모하다 한 번이라도 만나볼 기회를 꾀하던 중에 기어이 오늘날에 이런 연극까지 일으키게 되었사오니 천한 계집의 농락을 받았다는 생각일랑 마시고 제발 천첩의 간곡한 청을 알아주십시오."

이 말을 들은 성세창은 그저 묵묵히 앉아서 계향의 곳곳을 살펴보기만 했다.

"그대가 나를 그처럼 사모했다는 것이 고맙기는 하나 차라리 그 뜻을 듣지 아니했으니 만 못하구나. 그처럼 평생을 같이 할 사나이를 찾았다면 나의 처지에 그럴 수가 없음은 분명하니 다만 얼굴만 보고 돌아갈 수밖에 없구나."

"그게 무슨 말씀입니까. 천첩은 천첩의 가진 재산이 넉넉해 이 한 몸은 평생 먹고 살만 하오니 첩을 건사하실 걱정은 마시고 다만 평생을 잊어버리지 아니하겠다는 허락만 해주시면 되옵니다."

"오냐, 그것이야 어려울 게 없지."

"분명히 허락하신 겁니까?"

"아무렴, 장부가 일구이언을 하겠느냐."

이리하여 그들의 아름다운 인연이 맺어지게 되었다.

그 후에 성세창이 그 이야기를 단 한사람, 모친에게만 고하였다. 모친은 이 말을 듣고 성세창을 나무랐다.

"사나이 자식이 나이 20세가 넘었으면 그만한 지각은 있을 게 아니냐? 번연히 길가에 웃음을 팔던 계집인 것을 알면서 정을 통해

놓고서는 전날 그 계집을 따라다니던 뭇 한량들이 지금쯤 오죽 그 계집을 괴롭힐 것을 몰랐단 말이냐? 너의 아버님께는 천천히 여쭙게 하더라도 오늘 밤이라도 곧 그 계집을 후원 조용한 방으로 불러들이게 해라."

성세창은 모친의 말씀이 고맙기 짝이 없었다. 그리하여 하인을 보내서 곧 계향을 자기 집으로 데려오기에 이르렀다. 그러나 부친은 모르고 있는 일이었다.

계향이 성씨네 집에 들어온 지도 벌써 몇 달이 지났다.

계향은 어느 덧 뱃속에 한 생명을 잉태하고 있었다. 그러나 즐거워해야 할 계향은 날이 갈수록 우울하기만 했다. 까닭인즉 남편의 아버지 되는 성판서에게 자기의 존재가 아직도 알려져 있지 않았기 때문이었다.

'비록 아들의 천첩이라 하더라도 알려져만 있다면 이 집에 있기가 좀 더 떳떳하련만……' 하는 생각 때문이었다.

그래서 계향은 성세창에게 계속 애원하였고, 성세창도 모친에게 간원하여 기어이 성판서에게 그 일을 아뢰었다. 물론 날벼락이 떨어질 줄 각오하고 알린 것이었다. 급기야 사실대로 아뢰자, 성판서는 예상 이상으로 펄펄 뛰고 당장에 아들과 그 계집을 내쫓으라고 호령하는 것이었다.

그러나 모친은 이렇게 동정하며 남편을 말렸다.

"이미 이 집의 씨까지 가지게 된 아이를 어찌 축출까지 하오리까?"

그러나 성판서는 계향의 정조부터 의심하였고 아무나 사귀며 지낸 계집이 수태한 것을 내 집 씨앗이라고 어떻게 믿을 수 있겠냐며 수태도 부인하는 것이었다. 하지만 모친은 끝까지 만류하며, 쫓아보내도 천천히 하겠다고 미루고, 우선 성판서의 화가 풀리기를 기다렸다.

바로 그날 밤이었다. 이 사실을 세세히 알고 있던 계향은 새삼스레 자기가 불행한 운명을 타고 나서 그와 같은 천대 모멸을 받는 것이 서러워져서 잠을 이루지 못하고 있었다. 바로 그때, 돌연히 달빛을 받은 창에 사나이 그림자가 얼씬거리더니 창문이 열리며 칼을 든 괴한이 들어왔다. 그 괴한은 얼굴을 가리고 눈만 내놓고 계향에게 말했다.

"네가 이 집에서 이런 천대를 받고도 오히려 재상가의 소실이라는 그 껍질만의 영광에 만취해서 내가 간청하는 소원을 무시해 버리려느냐? 이 밤으로 너는 나하고 도망가자. 나는 사오 년째 몸과 마음을 바쳐 너만 사랑해 오던 복남이다."

"뭐? 복남이 이놈, 너는 지금 누구를 모함하려고 이와 같이 야밤에 젊은 여자가 있는 방에 침입했느냐?"

"그렇게 발악할 때가 아니다. 어서 일어나 가자."

"나는 죽어도 네 말을 들을 수 없으니 그 칼로 나를 이 자리에서 찔러 죽이고 가거라."

설왕설래 떠드는 사이에 창문을 벌컥 열어젖히며 들어오는 사람이 있었다. 바로 성판서였다.

"이놈, 너는 복남이란 놈이 아니냐? 여기가 어디라고 감히 이 깊은 밤에 침입해 가지고 이런 못된 짓을 한단 말이냐?"

"예, 잘못했습니다. 그저 죽여주십시오. 실상인즉 저 계집은 소인의 아내로서 고향에서 도망하여 서울로 올라와 술도 팔고 정조도 팔아서 그날그날을 지내다가 기어이 어찌어찌해서 댁으로 들어오게 되었습니다. 소인이 이 소식을 알게 되어 이 댁 하인으로 들어와서 아내를 데려가려고 벌써 여러 달째 기회를 살펴 왔습니다. 아뢰옵기 황공하오나 넓으신 은덕으로 계집을 거느리고 고향으로 돌아가게 해주십시오."

이 말을 듣고 있던 계향이 너무도 기가 차서 분을 견디지 못하고 바들바들 떨고만 서 있었다. 성판서는 복남과 계향의 얼굴을 번갈아 바라보다가 계향에게 소리쳤다.

"과연 그러하다면 지금 당장에라도 냉큼 눈에 보이지 않도록 이 집을 떠나거라."

이때에 계향은 두 눈에 진주 같은 눈물을 비오 듯 흘리면서 엎드려 아뢰는 것이었다.

"황공무지 하오나 아뢸 말씀이 있사옵니다. 소녀는 원래 날 때부터 왼편 옆구리 젖가슴 근처에 꼭 솔방울만한 혹이 달려 있었사옵니다. 그런데 거기서 고약한 냄새가 나 의원에게 물으니, 의원의 말이 '이것은 떼 낼 수 없는 것이요, 이 아기가 자라서 월경을 하면 이 냄새가 없어질 것이나 시집을 가되 한 사나이에게 가면 아무 일이 없어도, 두 사나이에게 몸을 허락하면 다시 그 냄새가 나기 시작하여 남의 앞에 가지 못할 것이오.' 하여 평생 굳은 뜻으로 한 남편만을 골라 섬기자고 맹세하고 있었습니다. 그러던 중에 이 댁 서방님을 뵈옵게 되고 평생을 버리시지 않는다는 다짐을 받은 후에 이 댁으로 들어왔사옵니다. 저놈은 일찍이 여러 번 어리석은 욕심을 품고 저를 괴롭혀 오던 자이오니 깊이 통촉하시기를 바라옵니다."

이 말을 듣던 성판서는 복남을 돌아다보며 말했다.

"일찍이 저 계집과 정을 통한 일이 있느냐?"

"있다 뿐이옵니까? 저 계집의 말은 모두 앙큼한 거짓말이옵니다. 틀림없는 소인의 아내입니다."

"그러면 너도 저 계집의 몸에서 그 혹을 보았느냐?"

"보다 뿐이옵니까? 바로 왼편 젖가슴 옆에……."

이때 계향이 벌떡 일어서더니 머리맡에 쳐놓은 얇은 병풍으로 하반신을 가리고 허리를 풀어서 살을 드러내 왼편, 오른편 젖가슴을 보이면서 말했다.

"이놈아, 이 무도한 놈아! 네가 남에게 그런 모함을 하고 네 몸이 온전할 줄 알았느냐? 나는 내 몸의 결백을 증명하기 위해 일부러 말을 꾸며낸 것뿐이다. 그런데 내 몸에 혹은 무슨 혹이 있다고 본 것처럼 말하느냐?"

낭패를 당한 복남이는 얼굴이 흙빛이 되어 어찌할 바를 모르고, 성판서는 당장 하인을 불러서 복남이를 잡아 가두게 하고 즉석에서 아들 성세창을 불렀다.

그때까지 방 밖에서 숨어서 동정만 살피고 있던 성세창은 고개를 푹 숙이며 들어왔다.

"내가 지금까지는 너의 소행을 괘씸히 여기고 저 계집의 정조와 수태중인 생명까지 의심했지만은 이제 그 근본을 알고 보니 근본은 미천해도 절개는 갸륵한 모양이라, 네 죄는 용서할 수 없으나 저 계집 행실을 찬탄하는 바이니 오늘이라도 당장에 이 집에서 같이 있게 하지 말고 곧 조용한 곳에다 살 집을 따로 마련하고 거하게 하여라."

성세창은 너무 기쁜지라 감히 대답도 하지 못했다.

여덟 번째 이야기
한죽당의 지인지감

신임의 호는 한죽당이요, 자는 화중인데, 조선 숙종 때 판서를 지낸 사람이었다.

그는 일찍부터 지인지감知人之鑑_재능이 있는지 없는지 사람을 잘 알아보는 힘이 놀랍기로 당대에 이름이 높았다. 그러나 그에게는 뼈아픈 슬픔이 있었으니, 그것은 슬하에 외아들 하나를 두었다가 불행히도 아들이 중병에 걸려 세상을 떠났다. 판서 내외는 하늘을 우러러 팔자의 기박함을 슬퍼했지만 아들이 경주라는 유복녀 하나를 남기고 떠났으니 늙은 두 내외는 이 어린 소녀에게 마음을 붙이며 살았다.

세월이란 흐르는 물과 같아서 판서의 손녀 경주의 나이는 어느덧 열여섯 살이 되었다. 규중에서 편모슬하에서 자라났지만 본시 타고난 외양이 몹시 고운데다가 마음씨가 착하고 드물게 숙성하여 나이가 근 스무 살이나 되어 보였다. 또한 침선이 능숙할뿐더러 글공부도 웬만한 사내보다 나아서 무엇 하나 빠질 것이 없었다.

경주가 이같이 적년에 이르게 되니 판서 내외와 과부 며느리 김씨는 하루바삐 경주와 알맞은 배필을 골라서 금실 좋게 지내는 재미를 보려고 서두르게 되었다. 하루는 김씨 부인이 시아버지 되는 신판서 앞에 엎드려 절하면서 이렇게 간청했다.

"경주의 낭재郎材_신랑감는 아버님께서 친히 살펴보신 후에 고르소서."

김씨 부인이 이같이 신판서에게 간청한 것은 시아버지가 지인지감이 높았기 때문이었다.

"덮어놓고 사윗감을 날더러 고르라 하니 어떤 사람을 골라야 하겠느냐, 사람도 천층만층千層萬層_매우 많은 사물의 구별되는 층이니 자세하게 말을 해야 하지 않겠느냐?"

하고 신판서는 며느리에게 물었다.

"아버님께서 물으시니 말씀 올립니다만, 첫째 수가 팔십에 이르도록 해로할 사람으로, 벼슬은 대관臺官_조선시대, 사헌부의 대사헌 이하 지평까지의 벼슬에 이르러야 하겠고, 둘째로는 집안이 유족하고 유자생녀有子生女_아들도 두고 딸도 낳음. 즉 아들, 딸을 많이 낳음할 수 있다면 그 이상 더 바랄 것이 무엇이겠습니까?"

하고 김씨 부인이 대답했다.

신판서는 며느리의 대답을 듣고 나더니 껄껄 웃으면서,

"이 세상에 그렇게 모든 것을 겸비한 사람이, 크고 입에 맞는 떡이 어디 있겠느냐? 지금 네가 말한 대로 그런 사람만 구하려 한다면 한평생을 두고 고른데도 될 것 같지 않구나."

하며 며느리를 물끄러미 바라다보았다. 이와 같은 일이 있은 다음부터 신판서가 밖에 나갔다 들어오기만 하면 김씨 부인은 으레,

"아버님, 오늘은 혹시 가합한 낭재를 만나 보셨습니까?"

하고 물었다. 그럴 때마다 신판서는,

"네 뜻대로 그렇게 여러 가지를 구비한 인물은 아직 만나보지 못했다. 장래 영달할 인물은 많이 보았지만 모두 단명하겠으니 안 되겠고, 오래 살겠으나 장래가 보잘 것 없는 사람이 많으니 어디 고를 수가 있더냐?"

하고 대답했다.

하루는 신판서가 볼일이 있어서 장동 길거리를 지나게 되었는데, 길거리에 수십 명이나 되는 아이들이 떼를 지어 정신없이 뛰놀고 있었다. 그 많은 아이들 중에 키 큰 도령 하나가 섞여 있었는데 나이는 열 너댓 살밖에 안 되어 보였고 까치집같이 헝클어진 머리에 굵은 대를 가랑이 틈에 낀 채 다른 아이들과 뛰어놀며 다니고 있었다.

신판서가 하인을 시켜 교자를 멈추게 하고 도령의 용모를 이리저리 뜯어보니, 비록 몸에 걸친 옷이 남루하고 얼굴이 험상궂게 생기기는 했을망정 미목이 청수하고 골격이 비범하였다.

갑자기 신판서 얼굴에 환한 웃음이 떠오르더니,

"애, 저기 아이들 중에 키 크고 댓가지를 가랑이에 끼고 뛰노는 도령을 이리로 불러오너라."

하고 하인에게 일렀다. 하인 하나가 주인 영감 명령이 떨어지기가 무섭게 성큼성큼 뛰어가더니,

"애, 이놈아. 우리 댁 대감께서 너를 불러오라신다. 냉큼 저 교자 앞으로 가자."

하고 그 아이의 겨드랑이를 한 손으로 치켜들어 앞으로 끌어당겼다.

"대감이 뉘시기에 일없이 날 오란 말씀이오? 남 장난하는데 훼방 말고 이것이나 놓으시오."

도령은 부리부리한 눈을 부라리며 이렇게 말하고 하인이 붙잡은 팔을 뿌리쳤다.

"이놈아, 신판서 대감 행차신데 어느 앞이라고 주둥이를 함부로 놀리느냐? 입 닥쳐라."

하고 하인은 호령했다. 교자 안에서 도령의 하는 양을 가만히 바라보던 신판서는 다시 옆에 있는 하인에게,

"저 도령은 말로 해서 데려오려면 안 올 모양이니 네가 가서 힘으로 붙들어 오너라."

하고 다시 분부를 내렸다.

"예이."

하인이 대답을 길게 하면서 뛰어가더니 두 사람이 도령을 끌어다

신판서 앞에 세워놓았다.

"어느 관원 이신지는 모르나 아무 죄 없는 나를 왜 잡아가려 하시오?"

신판서 앞에 끌려온 도령이 사지를 버둥거리며 소리쳐 울었다.

신판서는 그 행동이 몹시 억센 것을 보고 빙그레 웃으면서,

"여봐라, 내가 너를 잡아가려는 것이 아니라 물을 말이 있어서 데려온 것이니 안심하고 울음을 그쳐라."

하고 부드럽게 말하니 그제야 도령은 울음을 그치고 신판서를 쳐다보았다.

"여봐라, 네 집 문벌이 어떠한지 알고자 하는데 대답 못하겠느냐?"

"소인의 집 문벌은 말씀 못할 것이 아니오나 대감께서는 어째서 물으십니까?"

도령이 신판서에게 되물었다.

"글쎄, 그것은 나중에 알려 줄 것이니 우선 내가 묻는 말에나 대답을 하여라."

"소인이 지금은 꼬락서니가 엉망이오나 본시는 양반의 후예올습니다."

"네 나이는 몇이며 성이 무엇이냐?"

"나이는 올해 열다섯 이옵고, 성은 유가 입니다."

"지금 네가 사는 집은 어딘 고?"

"소인의 집은 월동에 있습니다. 무슨 일로 이같이 소상히 물으십니까? 궁금하기 짝이 없습니다. 까닭을 말씀하지 않으시려거든 빨리 보내 주십시오."

이렇게 말하며 유도령은 신판서 앞에 넙죽 절을 했다. 신판서는 유도령의 말대로 즉시 놓아 보내도록 하인에게 분부했다.

신판서는 그 길로 월동으로 향하여 하인을 시켜 유도령의 집을 찾게 하니, 그리 힘들이지 않고 찾게 되었다.

유도령의 집은 다 쓰러져 가는 낡은 초옥으로 썩은 지붕 위에 풀들이 무성하게 나 있는 것을 보면 그 집안 살림살이가 몹시 구차한 것을 알만하였다.

신판서가 하인을 시켜 주인을 찾으니 안에서 그 집 몸종이 나와서 하는 말이, 이 집에는 바깥주인은 일찍이 돌아가시고 유도령의 어머니 되는 부인이 아들과 함께 살고 있다는 것이었다.

신판서가 그 몸종에게 전갈하기를,

"나는 잿골 사는 판서 신임으로, 슬하에 손녀 하나가 있는데 나이가 이미 열여섯이라 집안에서는 각처로 구혼을 하는 중이며, 오늘 내가 이 댁 도령을 길에서 만나보니 가히 내 손녀의 배필이 됨직하기에 오늘 이 자리에서 정혼을 하고 돌아가는 것이니 댁 마님께 내 말대로 여쭈어라."

하였다. 그리고 즉시 집으로 돌아오는데 신판서는 중동에서 하인 배를 향해,

"집에 되돌아가더라도 너희는 오늘 일을 행여 입 밖에 내지 말렸다. 만일 내 말을 어기는 놈은 살아남지 못할 것이니 명심해라."

하고 엄중히 단속했다.

월동 유도령 집에서는 어머니가 천만뜻밖의, 몸종이 전갈하는 말을 듣고,

"얘, 그게 될 말이냐? 신판서 댁으로 말하면 부귀와 영화가 대단할뿐더러 서울에서는 누구 하나 모르는 이가 없는 고귀한 재상가이신데, 어디 손자 사윗감이 없어서 가난하기 짝이 없고 더구나 철없이 장난만 치러 다니는 도련님을 보고 그러한 생각이 나셨을 리가 있느냐? 아무리 생각해도 꿈을 꾸고 있는 것만 같구나."

하고 몸종의 말을 믿으려 하지 않았다.

"손수 하인배를 거느리고 오셔서 말씀하셨는데 그 어른이 인륜대사를 가지고 거짓 말씀을 하셨을 리가 있겠습니까?"

몸종은 정색을 하며 말했다.

"네 말도 옳기는 하다만 어쨌든 두고 보면 알게 되겠지. 하회나 기다려 보자꾸나."

부인은 머리를 끄덕이며 대답했다.

이날 신판서는 유도령 집에 들렀다가 친구의 집 몇 군데를 들러서 해가 저문 뒤에야 집으로 돌아왔다. 이 날도 또한 며느리 되는 김씨 부인이 시아버지를 반갑게 영접하면서 여쭤 보았다.

"아버님, 오늘은 적당한 신랑감을 만나 보셨습니까?"

"그동안 신랑감을 구하느라 무수히 애를 쓰던 차에 오늘에야 합당한 도령 하나를 만나보았다."

신판서는 빙그레 웃으며 이렇게 며느리의 눈치를 살폈다. 김씨 부인은 몹시 기뻐하면서,

"아버님, 고맙습니다. 그 도령이 뉘 집 자제이오며 그 도령의 집이 어디입니까? 궁금하오니 알려 주십시오."

하고 앞으로 다가앉았다.

"그 집이나 그 도령이 누구의 아들인지 내가 미리 말하지 않더라도 곧 알게 될 것이니 과히 궁금하게 여기지 말고 기다려라."

신판서는 더 자세한 말을 하지 않았다.

그 일이 있은 지 며칠 뒤에 신판서는 며느리에게 자세한 이야기를 했다.

자세한 이야기를 듣고 나자 김씨 부인은 궁금한 생각을 걷잡을 수가 없어서 가장 영리하고 사리에 밝은 노비 하나를 조용히 불러,

"월동 사시는 유도령 댁을 찾아가서 집안 살림이 어떠한지, 또 그댁 도령의 풍채가 어떠한지 자세하게 알아보고 오게."

하고 부탁했다.

부인의 명을 받고 아침 일찍이 나갔던 노비가 낮이나 되서야 돌아오더니,

"아씨, 어쩌면 대감마님께서 그런 집에다 정혼을 하셨습니까? 집이라고는 다 쓰러져가는 오막살이 초가 두어 칸에 지붕은 몇 십

년이나 못 이었는지 풀이 무성하게 나고 부뚜막에는 퍼런 이끼까지 낀데다가 솥뚜껑에는 허옇게 거미줄이 서려 있었습니다. 어디 그뿐입니까, 쇤네는 신랑의 얼굴을 보고는 깜짝 놀랐습니다. 두 눈은 왕방울 같이 크고 머리카락은 산산이 흩어져 쑥대와 같아서 어느 한 가지 취할 점이 없더이다."

하고 수다스럽게 늘어놓았다.

'대감께서는 어째서 그런 집에다 정혼을 하셨을까?'

노비의 보고를 듣자 김씨 부인은 시아버지의 처사를 몹시 의아하게 생각했다. 노비는 또 한 번 변덕스럽게 고개를 내저으면서,

"아씨, 제 말씀 좀 들어 보세요. 우리 댁 소저_小姐, 아가씨를 한문 투로 이르는 말_께서 그 댁에 들어가시는 날이면 그 날로 절구방아질을 면치 못할 것이요, 더구나 춥고 굶주리시는 처지를 당할 것이오니 금지옥엽과 같이 고귀하신 집안에서 성장하신 소저께서 어찌 그와 같은 고생살이를 감당할 수 있겠어요? 소인은 소저 뵙기가 딱하고 민망스럽기 짝이 없습니다. 어찌하여 그런 가난뱅이 집으로 가시게 되었는지 생각만 해도 원통하고 눈물이 납니다."

하고 한술 더 떠서 말하는 통에 김씨 부인은 낙담 실망하여 기절할 지경에 이르렀다.

그러나 이날은 이미 수채_受采, 신랑 집에서는 보내는 납폐(納幣)를 신부 집에서 받음_를 하는 날이라 이제는 어떻게 하는 수가 없었다.

김씨 부인은 목구멍에 복받쳐 올라오는 울음을 억지로 참아 삼키

고 눈물만 줄줄 흘리면서 기운이 하나도 없이 신랑 맞이할 준비를 해 나갈 뿐이었다.

남편을 일찍 여의고 유복녀로 낳아서 온갖 정을 딸 하나에게만 푹 쏟으며 지내 오던 김씨 부인이, 시아버님께 부탁하여 정혼해 놓은 사위가 인물이나 가세가 보잘 것 없는 것을 알고 실망하는 것도 어머니 된 입장에서 당연하다 할 것이다.

이럭저럭 그날 하루도 가버리고 그 이튿날 아침, 신랑이 안으로 들어서자 안마당에서 신랑신부가 성례를 지내게 되었다. 그때 김씨 부인이 신랑의 얼굴을 보니 노비의 말과 같이 용모가 참으로 볼썽 사나왔다. 못생긴 남편을 맞이하게 된 가엾은 딸을 생각하니 김씨 부인은 가슴이 미어지는 것만 같았다.

그날 혼례식이 끝난 뒤에야 김씨 부인은 조용히 시아버님을 뵈옵고,

"아버님께서 세상에 제일 뛰어난 낭재를 얻어 주실 줄로만 알았사 온데 오늘 제가 신랑을 맞대면해 본즉, 무의무탁한 가난뱅이일뿐 더러 그 생김새가 험상궂어 남이 보기에도 무서운 사람을 고르셨 으니, 천금보다 더 귀하게 여기시던 어린 것의 한평생을 그르치신 것이 아닌가 생각되어 한심하기 그지없습니다."

하고 몹시 언짢아했다. 신판서는 며느리의 그와 같은 말을 듣더니 약간 노여워하는 기색이 들면서, 책망하며 말했다.

"너는 이제 와서 나를 원망하는 투로 말하니 어찌하라는 말이냐.

나는 오직 네가 소원하는 신랑감을 구해 주었을 뿐이다. 신랑이 지금은 비록 그 집안이 몹시 초라하고 보잘 것 없는 처지지만 뒷날에는 반드시 복록이 무궁하고 수부다남자壽富多男子 오래 살고 부유하며 아들이 많음할 오복을 갖추어 가진 훌륭한 얼굴이니 잔말 말고 두고 보아라. 내 말에 일호반점一毫半點 일호를 힘주어 이르는 말. 한 터릭도, 조금도. 도 어그러짐이 없을 것이다."

김씨 부인은 그와 같은 말을 듣자 무어라고 더 말을 꺼내기가 어려워서,

"제가 당돌히 말씀드린 죄를 용서해 주십시오. 웃어른께서 어련히 아시고 조처하셨겠습니까. 공연히 못마땅한 생각을 품었사온즉 죄송만만이옵니다."

하고 물러났다.

혼인한 지 사흘째 되는 날에 신랑은 처가인 신판서 댁으로 왔다. 신판서는 손자사위를 반가이 맞아들이며 내실에다 따로 방을 정해 신랑신부가 함께 거처하도록 마련을 해주었다.

신랑신부가 한 달 가량이나 금실 좋게 지냈는데, 신부는 부잣집에서 금지옥엽으로 자라온 몸이라 섬섬약질인데다가, 허구한 날을 힘이 센 신랑에게 부대껴 지내게 되었으니 차츰 얼굴에 노란 꽃이 피게 되고 병명조차 알 수 없는 병색이 돌았다.

신판서는 단번에 이 눈치를 챘다.

'아뿔싸! 저것들을 그냥 한 방에 내버려 두었다가는 결국 큰일을

저지르겠구나!'

근심이 된 신판서는 유생을 사랑으로 불러냈다.

"너는 혈기왕성한 소년의 몸으로 연일 안에서 자는 것은 신상에 좋지 않은 일이니 오늘 저녁부터는 바깥사랑으로 나와서 나와 함께 자는 것이 좋겠다."

"네, 그리하겠습니다."

유생은 할 수 없이 대답은 했지만 속으론 불만이었다.

그날 밤, 바깥사랑에서 신판서가 자기 자리 옆에다 따로 유생의 자리를 깔게 하고 데리고 자게 되었는데 밤이 이슥한 뒤에야 신판서는 곤히 잠들었다.

안으로 들어가서 자고 싶은 생각에 유생은 신판서가 잠이 들 때까지 자지 않고 기다렸다가 신판서가 잠이 든 눈치를 채자 일부러 잠꼬대를 하는 체하면서 한 손으로 신판서의 가슴을 후려쳤다.

막 첫잠이 들었던 신판서가 가슴을 때리는 통에 깜짝 놀라 눈을 떠보니 유생의 소행인지라 괘씸한 생각이 들어서,

"너 이게 웬 버릇없는 짓이냐?"

하고 호령을 하였다.

"일부러 그랬을 리가 있겠습니까. 소생이 어려서부터 잠꼬대하는 버릇이 있사와 여태껏 못 고치옵고 버릇없는 짓을 감히 하였사오니 용서해 주옵소서."

유생은 거짓 사죄를 했다.

"정말 그렇다면 모르거니와, 이제는 네가 집에 홀로 있던 때와 달리 이미 어른이 되었으니 못된 버릇은 곧 고쳐라."

신판서는 처음 일이라 용서했다.

조금 후에 신판서가 다시 잠이 들었는데 이번에도 유생은 잠든 체하면서 잠꼬대하듯이 발길로 신판서의 허리를 내질렀다.

신판서는 허리를 발길에 채이고 질겁해서 일어나더니,

"허어, 이놈 또 이런 버릇이야!"

하고 책망을 했으나 잠꼬대로 그러는 것이라 어쩔 수가 없는지라 다시 잠을 청했다.

그러나 얼마 만에 유생이 또다시 손으로 후려치고 발길로 걷어차는 바람에 신판서는 도무지 잠을 잘 수가 없었다.

"허어, 거 나쁜 버릇이로군! 너 같은 놈하고 하룻밤을 다 자지 않았어도 이러하거늘 며칠 계속해서 같이 잤다가는 내 몸에 뼈다귀 하나 성하게 남지 않겠다. 네 이놈 냉큼 안으로 들어가 자거라."

신판서는 견디다 못해 유생을 안으로 쫓았다.

이것은 유생이 신부 곁에서 한시도 떠나기가 싫어서 거짓 계책을 꾸민 것인데 신판서는 나쁜 버릇인 줄 알고 속았던 것이다.

'그러면 그렇지, 내 계교에 안 넘어갈 사람이 있겠느냐?'

유생은 의기양양하여 이불보퉁이를 어깨에 멘 채 내실로 들어가며 회심의 미소를 지었다.

신판서는 유생이 장래에 범상치 않은 인물이 될 것을 미리 알고 손자사위를 삼은 터라 유생이 한시라도 곁을 떠나게 되는 것이 몹시 섭섭하여 유생 내외도 함께 떠나도록 분부를 내렸다. 그때 김씨 부인은 자기 딸의 체질이 섬약한 것이 매우 걱정되어 이번 기회에 유생과 딸을 얼마동안 떨어져 있게 할 생각으로 그 뜻을 시아버지에게 아뢰었다. 그러나

"그것은 안 될 말이다. 신혼 재미가 채 무르익기도 전에 젊은 것들을 먼 곳에 따로 떼어 놓는 것은 옳지 못한 일이다."

하고 신판서가 첫째 허락지 않았고, 둘째로는 새색시가 유생을 쫓아가고 싶어 하기 때문에 결국 유생 내외를 데리고 서울을 떠났다.

신공이 임지에 도착한 지 두어 달 후에 상감께 진상할 먹을 고르게 되었는데 공이 유생을 불러서,

"너 먹이 필요하냐? 필요하거든 네 마음대로 골라 가져라."

하고 먹 수백 동을 가리켰다.

"먹입니까? 필요하구 말굽쇼. 주시기만 하신다면 골라 갖겠습니다."

유생은 대절묵大節墨_굵직하고 커다란 먹으로 백 동을 골라서 옆에다 따로 떼어 놓았다.

이것을 본 비장이 기겁을 하여,

"저렇게 많은 먹을 떼시면 궐봉闕封_대궐에 진상하는데 모자름의 염려가 없지 않을 것이니 그것이 큰 걱정이올시다."

하고 주의를 주는 눈치였다.

"다시 만들어 드리면 되지 않는가. 당장에 나가서 수백 동 더 만들어 들이도록 지시를 하게."

이렇게 명을 내린 신공은 비장이 물러나간 뒤 유생의 등을 두드리면서,

"네가 먹을 골라 놓는 것을 보니 나중에 가히 대성할 인물이다."

하고 기뻐했다.

유생은 역시 먹 백 동을 가지고 책방으로 내려오자마자 하인배들에게 그 먹을 일일이 나누어 주고 단 한개도 남기지 않았다.

신공의 손자 사위되는 유생이란 유상국 척기였다.

척기가 숙종 갑오년에 문과에 등제하여 한림, 부제학, 이랑주사를 역임하고 경종 임인에 화를 입어 섬으로 귀양을 갔다가 영조 초에 귀양이 풀려 돌아오는 길로 호조판서로부터 우의정에 이르렀으니 그때 척기의 나이 마흔 아홉이었다.

그때까지 유상국의 장모되는 김씨 부인이 살아 있어서 사위의 이같은 영달을 보고 그제야 시아버지인 신공의 지인지감이 놀라웠던 것을 새삼스럽게 감탄했다.

그후에 유상국은 나이가 들어서 영의정 벼슬을 사양하고 물러났으며 기사년에 들어 일흔일곱에 세상을 떠났는데, 슬하에는 아들 사형제가 있어서 해마다 부유해졌으니, 모든 것이 신공이 말한 바와 일호반점의 틀림이 없었다.

왕을 깨우친 화왕설화

원효대사와 요석공주와의 사랑의 결실로 태어난 설총은, 그 부모의 혈통으로부터 총명한 천품을 타고 났다. 성은 원효대사의 속성이 설씨였기 때문에 설이요, 이름 총은 어려서부터 워낙 총명했기 때문에 세상에서 붙여준 이름이었다.

원효대사는 유명한 중으로 궁중의 신임이 두터웠다.

그는 청년 미남자로서도 학승으로서도 신라에서 뛰어난 인물이었으므로, 요석공주의 모친도 그를 사모했으며, 여러 궁녀들도 원효대사에게 여자로서의 애정을 느끼고 경쟁했다.

그러나 중으로서 여자의 사랑을 받아들이는 것은 간음의 죄이기 때문에 파계승으로 타락해야만 했다.

그래서 원효대사는 요석공주의 사랑을 모른 척 했던 것이다.

그러나 원효대사의 철석같은 간장도 요석공주의 미모와 죽음으로 애원하는 애정에는 견디지 못하고, 하룻밤의 정을 허락해서 마침내 파계승이라는 손가락질까지 받게 되었다.

그러나 그 하룻밤 사랑의 열매가 설총이라는 인물을 낳는 인연이 되었으며, 그는 커서 큰 학자가 되어 우리나라 문화발전에 큰 공헌을 하게 되었다.

"부친은 중으로서 중생을 위하여 일하셨지만, 나는 선비로서 나라에 공헌하겠다."

어려서부터 이미 그런 결심을 한 설총은 유교 학문의 성경인 사서삼경을 비롯한 제자의 학설을 연구해서, 마침내 신라 제일의 선비가 되었다.

"아버지는 신라 제일의 중이요, 아들은 신라 제일의 선비가 되었다."

이런 칭찬은 멀리 당나라에서까지 전하게 되었다.

한문으로 학문을 연구해서 큰 학자가 된 설총이었지만, 한문 자체가 어려워서 배우는 데도, 쓰는 데도 큰 결함이 있는 것을 통감했다.

'한문은 책을 읽는 만큼 실력을 기르는 데도 20년이 걸리고 능숙한 문장으로 자기 생각을 자유롭게 쓰려면 한평생 걸려도 힘들다.'

한문은 그렇게 어려운 글이었기 때문에 글을 읽고 해석하는 데도 오랜 세월이 걸렸다.

'일반 사람들이 쉽게 배울 수 있는 글이 있으면 얼마나 편리할까! 쉬운 글이면 문맹이 없을 것이요, 문맹이 없으면 교육을 빨리 넓게 펼 수도 있고, 따라서 나라 전체의 문화생활도 쉽게 높일 수 있지 않을까. 우리말대로 쓸 수 있는 글이 있으면 얼마나 좋을까!'

그런 설총의 생각은 새로운 글자를 발명해야겠다는 생각에까지 이르게 되었다.

신라의 유교학자요, 한문의 대가로는 강수와 최치원, 그리고 설총이 3대 학자였는데 그중에서 설총의 특색은 이두의 발명에 있다.

이두는 한문의 음을 우리말의 음으로 이용하는 방법이요, 구결은 우리말로써 한문을 우리말로 풀이하는 방법이다.

그런 쉬운 글자의 발명은 실로 문화혁명을 일으켰으며, 일반 민중이 쉽게 자기 의사를 표현할 수 있었고, 그것을 장려하기 위해서 나라에서도 공문서 기록을 구결 방법으로 했다.

"말하는 대로 글을 쓰자."

이것이 설총의 이상이었다. 한문은 글을 위한 글이었지, 말하는 대로 표현하는 말을 위한 글은 아니었던 것이다.

이두는 한자의 음을 빌린 우리말 음의 표현이었고, 구결은 이두보다도 한걸음 진보된 우리말 표현의 활용이었다.

설총의 이런 '우리글'을 필요로 하는 정신은, 이조 세종대왕시대에 이르러서 훈민정음이라는 '한글'로 완성되었다.

그러므로 설총의 발명이 독특한 우리의 것이 되지는 못했지만, 그 정신에 있어서는 선구자였던 것이다.

설총 때보다도 훨씬 뒤에 일본에서는 '가나^{Kana[假名]_일본 고유의 글자로 모두 50자이며, 한자를 빌려 그 일부를 생략하여 만든 가타카나(片假名)와 그 초서체(草書體)를 따서 만든 히라가나(平假名)가 있다.'}라는 일본글자가 발명되어 오늘날까지 사용되고 있는데 이 일본의 가나는 설총이 발명한 한자의 음을 이용하고 또 간략화한 것이다.

따라서 일본의 가나 글자의 원리는 설총의 이두 및 구결과 똑같다. 설총의 이두 방법이 직접 일본의 가나 발명에 영향을 주었다는 문헌은 없지만, 그 원리와 방법이 같고, 설총이 훨씬 앞선 창안자였던 것이다.

신문왕은 설총의 학문을 존경하고, 그의 풍월을 사랑했으며, 애교 있는 이야기를 즐겼다. 신문왕과 설총은 공식적으로는 군신의 관계였지만, 인간적으로는 아주 친한 친구와 같았다.

신문왕은 친구로 대우하는 설총을 항상 옆에 불러서 글을 짓게 하고 이야기를 나누면서 술을 대접했다.

어느 해 여름, 달이 밝고 바람이 서늘한 밤이었다. 지루한 장마가 끝난 뒤라 사람의 마음도 가벼운 기분이었다. 신문왕은 설총을 궁중으로 불렀다.

"오늘 밤엔 풍월이나 음악보다도 공의 재미나는 얘기나 들려주오."

지루한 장마철을 겪은 뒤라, 신문왕은 설총의 재치 있는 옛날이야기가 듣고 싶었던 것이다.

　"재미나는 이야기가 어디 그렇게 있습니까."

　"옛날이야기건, 세속 이야기건 공의 입을 통해 나오면 뭐든지 재미나거든."

　설총은 신문왕의 청으로 웬만한 이야기는 다했으므로, 이번엔 좀 색다른 이야기를 하려고 잠시 생각에 잠겼다. 그러나 신기한 이야기가 생각나지 않았다.

　그는 즉석에서 이야기를 창작하여, 흥미롭게 듣는 가운데서도 왕에게 도움이 되는 우화를 이야기했다.

　"옛날에 꽃나라가 있었는데, 그 꽃나라에는 무수한 꽃백성을 다스리는 꽃임금이 계셨습니다."

　"꽃나라의 꽃임금이라……. 그건 아이들 얘기로군."

　왕은 동심의 귀를 기울이면서 가벼운 웃음으로 농을 했다.

　"아이들 얘기오라 황공하옵니다. 그러나 이야기 중에서 가장 재미나고 유익한 이야기는 아이들이 좋아하는 이야기고 아이들을 좋아하는 어른은 참다운 군자입니다."

　"그럼 내가 어린아이로 돌아갈 테니, 어서 꽃나라 이야기를 하오."

　신문왕은 설총의 학문과 인품 앞에서는 스스로 어린 제자가 되어서, 그의 총명한 권고를 듣고자 하는 아량 있는 임금이었다. 이렇게 어진 임금이 어진 신하를 알아준다는 것이 신문왕과 설총의 관계였다.

"옛날 조물주께서 임금꽃씨를 정갈한 꽃밭에 정성껏 심었습니다. 그리고 싹이 트기 시작할 때부터 푸른 비단으로 막을 둘러쳐서 바람을 막고, 아침저녁으로 물을 주어 잘 길렀습니다. 따뜻한 햇살을 받아서 싱싱하게 자란 뒤에 고운 꽃이 피니, 좋은 향기가 천지에 풍겨서 빛으로나 향기로나 따를 꽃이 없었으므로, 모든 꽃이 그 임금꽃을 우러러보고 임금으로 모셨습니다."

"꽃 이름은 무엇이오?"

왕이 웃으며 물어다.

"꽃 이름은 없었고, 꽃의 임금이라 임금꽃이라고만 우러러 모셨다합니다. 본디 아주 고귀한 것에는 이름도 붙일 수 없는 법이요, 꽃임금도 감히 이름으로 부를 수가 없었던 모양이라 이 이야기도 그냥 임금꽃이라고만 되어 있다고 생각하옵소서. 그런데 이 곱고 향기가 이를 데 없이 고귀한 임금꽃에게도 유혹이 생겼습니다."

"흠, 무슨 유혹이오?"

왕이 호기심을 느끼며 이야기에 끌려들었다.

"사랑의 유혹입니다. 다시 말하면 아리따운 꽃의 여인이 임금꽃을 유혹하려고 나타났습니다. 그 꽃의 여인은 이름을 장미라 했는데, 얼굴빛이 비단결같이 붉고, 이가 옥같이 희고, 고운 녹색 의상으로 하늘하늘 맵시 있게 걸어왔습니다. 그 아름다운 장미꽃은 임금꽃에게 대담하게 아뢰기를, '소녀는 임금님의 높으신 덕을 사모하여 왔사오니 장막 속 임금님의 금잔디 금침 옆에 베개를 들고 모시도록 하여 주옵소서' 했습니다."

"그때 임금꽃은 그 유혹을 받아들였던가?"

"임금꽃은 그 장미의 아리따운 모습과 달콤한 사랑의 속삭임에 반하여 장미를 침실에 받아들일 생각으로 황홀해졌는데, 이것은 자연스러운 심정이었을 것입니다. 그러나 이때 홀연히 의젓한 백발 노인이 나타났습니다. 그 노인의 이름은 백두옹 白頭翁_미나리아재비과에 속한 다년생 초본식물인 할미꽃이었습니다. 몸에는 푸른 베옷을 걸치고 손에는 지팡이를 짚고 있었는데, 임금꽃 앞에 와서 허리를 깊이 굽혀서 재배하고 아뢰었습니다. '저는 흰 연꽃의 혼을 타고났으며 서울 문밖 길가의 연못에 있사온데, 아래로는 넓고 먼 들을 바라보고 위로는 높은 산과 하늘을 우러러보며, 지나간 옛날의 일을 알고 있는 동시에 앞을 올 미래의 일도 미리 알고 있습니다.' 이렇게 자기소개를 했습니다."

설총은 아름다운 장미꽃여인과 현명한 연꽃노인을 등장시킨 뒤에, 다음과 같이 이야기를 계속했다.

"백두옹은 '제가 임금님께 말씀 아뢰고자 하는 것은 다름이 아니오라' 하고 조용히 입을 열었습니다. '임금님 좌우에는 존경과 또는 아첨으로 모시는 자가 많사와, 고량진미 膏粱珍味_살진 고기와 좋은 곡식으로 만든 맛있는 음식와 향기로운 술과 차로 봉양해 드리고 불로장생의 좋은 약으로 기운을 돋우어 드리지만, 그 뒤에 바치는 뜻이 반드시 온전한 충성에서만이 아니며, 또 그 진상품이 반드시 진짜만도 아닙니다. 그런데 임금께서는 어떻게 생각하십니까? 원컨대 장미의 유혹에 취하지 마시옵소서.' 하고 아뢰었습니다."

설총은 여기까지 이야기하다가 말을 멈추고, 듣고 있는 신문왕의 얼굴을 쳐다보았다. 왕은 마치 자신이 이야기 속의 주인공(임금꽃) 입장에 있는 것처럼 깊은 생각에 잠겨 있었다.

설총은 다시 이야기를 계속했다.

"이때 임금꽃을 모시고 있던 측근의 신하가 '지금 이 장미여인의 청과 백두옹의 아룀 중에서 어느 편을 취하시렵니까?' 하고 물었습니다. 그러자 임금꽃은 '저 노인의 말이 현명하지만 아름다운 여인 또한 얻기 어려우니, 쉽게 판단을 내릴 수 없어 마음이 괴롭소.' 하고 거짓 없는 말로 주저했습니다. 그러나 백두옹이 다시 자기의 소신을 강경히 아뢰었는데……."

"아, 그만하면 공이 이야기하는 뜻을 짐작하겠소."

신문왕이 웃으면서 말을 가로막았다.

"소인의 이야기는 옛날의 꽃나라 이야기를 들은 대로 전할 뿐, 저의 뜻은 전혀 없습니다. 그 백두옹이 임금꽃에게 아뢴 말이 명언이니 끝까지 들어주십시오."

"허허허, 그 백두옹이 임금꽃에게 한 명언이건, 공이 나한테 하려는 귀 아픈 소리건 들어봅시다."

"백두옹은 이렇게 아뢰었습니다. '무릇 임금 된 분은 나이 먹은 현명한 신하의 말을 믿음으로써 나라가 흥하옵고, 젊은 계집을 가까이함으로써 망하지 않은 왕실이 없었습니다. 더욱 이 미인은 어진 충신보다 세상에 흔합니다. 그리고 미인으로 망한 나라가 많으며 현신으로 흥하지 않은 나라가 없습니다. 하희夏姬_중국 정나라 목공의 딸. 절세미인으로 여러 나라의 남자를 망친 천하에 둘도 없는 음녀(淫女)는 진나라를 망쳤고, 서시西施_중국 춘추전국시대 월국(越國)의 미녀. 중국의 4대 미녀 중 한명. 오나라 부차에게 접근하여 오나라를 멸망하게 한는 오나라를 망쳤습니다.'"

"그래서, 임금꽃은 어느 편을 취했던가요?"

"물론 장미의 유혹을 버리고 백두옹을 재상으로 등용해서 꽃나라의 태평세월을 이룩하였다 합니다."

신문왕은 설총이 창작한 우화에 크게 감동해서 엄숙한 표정으로 말했다.

"이런 이야기로 내가 해야 할 바를 깨우쳐 주니 고맙소. 이 화왕설화를 글로 써서 주시오. 길이 좌우명으로 삼을까 하오."

설총은 왕명에 의해 그의 유창한 문장으로 화왕설화를 써서 바쳤다.

이 글이 남았다면 우리나라 소설문학이 최초의 표본이 되었겠지만, 전해지지 못한 것이 천추의 한이다.

수학할 때는 여자를 주의하라

기자 성왕의 후손인 선우협이라는 사람은 대대로 평양에서 살며 양반 행세를 하는 가문에서 태어났다.

그는 어려서부터 천성이 정갈하고 단정하여 말과 행실을 항상 삼가고 조심했다. 7, 8세 때는 벌써 고명한 선생을 찾아 수백리 길을 마다하지 아니했으며, 글을 배우러 다닐 때엔 언제나 피곤하고 배고픈 고비도 많이 넘겼지만 그래도 내색을 하지 않았다.

그가 열두 살 때, 하루는 낮에 기자전 재실에서 글을 읽다가 몸이 하도 피곤하여 잠깐 난간을 의지하여 졸다가 잠이 들었다. 꿈에 어떤 사람이 와서 그를 데리고 가다가 한 곳에 이르니 하늘을 뚫을 듯한 전각이 있고, 그가 전각 앞마당에서 꿇어 앉아 있는데 흰옷을 입은 노인 한 분이 옆에 와 섰다. 그분이 바로 기자 성왕이었다. 이 어

른이 오언시 한 수를 써서 주면서 말씀하기를,

"너는 이 시를 잘 기억하였다가 너의 감사에게 주어라."

하였다. 선우협이 잠을 깨어 그 시를 외워 적는데 글씨가 신이 돕는 것같이 잘 되었다. 그것을 잘 봉하여 가지고 꿈에서 가르쳐 준 대로 현복고개를 찾아가니 과연 감사가 이날 현복고개에 나아가서 활 쏘는 시험을 보고 있는 중이었다. 그는 감사에게 시를 바쳤다.

감사가 그 시를 보고 탄식하여,

"이는 기자 성왕의 신령이 지은 시로다."

하고 기자의 끼친 덕을 받들어 그 시를 왕께 장계하여 아뢰게 되었다. 또한 백사 이항복이 그 시를 보고 탄복하며 여러 번 읊다가 말하기를,

"이 글은 신의 말씀이요, 사람의 말이 아니로다."

하였다. 하루는 평양에서 멀지 않은 시골에 이름이 높은 수박자라는 김태좌 선생을 찾아 나섰다. 남문 밖을 나서서 한 오 리쯤 가니 도랑이 있어서 건너뛰다가 발목을 삐어 한참 동안 그 자리에 주저앉아 고생하게 되었다. 한참 동안 주물러 겨우 삔 것을 풀고 일어나 천천히 십 리를 더 가서 성황당 고목나무 밑에 앉아 쉬게 되었다.

때는 늦은 봄이라 수건으로 머리를 동이고 나물 보를 허리에 찬 열일곱쯤 되어 보이는 어여쁜 처녀가 역시 다리가 아픈지 같은 나무 밑에 와 앉게 되었다.

인가가 없는 조용한 성황당 고목나무 밑에 함께 앉아 있는 청춘남

녀들이라 이런 때는 남자가 으레 말이든 해야 할 것이지만 협은 아무 말도 않고 도리어 기색이 좋지 못했다.

어찌어찌 해서 처녀가 먼저 말을 건넸다.

"누구 시온지는 모르겠으나 얼굴에 수심을 띠고 계신데 혹시……."

라고 묻는다. 그제야 협은

"나는 가난하기로 세상에 둘째가라면 서러울 만한 처지인데 지금 어느 선생을 찾아 공부하러 가다가 발목을 삐어 걸음을 잘 걷지 못해서 쉬는 중입니다."

"듣기에 대단히 안됐어요. 산초로 멍을 풀 수가 있다는 어른들 말씀을 들은 일이 있는데……."

하며 허리에서 보를 풀어 뒤적거리더니 무슨 풀인지 주섬주섬 집어가지고 돌 위에다 놓고 곱게 짓이기더니 그것을 모아 협의 삔 발목에다가 정성들여 붙여 주었다. 협은,

"대단히 고맙습니다."

하고 한마디 할 뿐 다시 잠잠했다. 사내가 무뚝뚝하면 처녀는 더욱 말을 하고 싶어지는 모양이다.

"어디 사세요?"

"성 안에 삽니다."

"누구세요?"

"선우협이라 합니다."

"나이가 어떻게 되셔요?"

"열여덟이죠."

이런 얘기를 주고받다가 그들은 제각기 헤어지게 되었다. 그 나물 풀을 붙인 효험인지 발목은 곧 나아 전과 같이 거뜬해졌다. 협은,

"발목이 나았습니다. 고맙습니다."

"아이, 다행이네요. 그런데 어디로 가시는 길이죠?"

"이곳서 사십 리쯤 떨어진 벽화촌에 사시는 김태좌 선생을 찾아가는 길입니다."

"얼마나 그곳에 계실 예정이세요?"

"한 3년 예정하고 있습니다."

"네에……."

하고 처녀는 끄덕인다. 그들은 서로 발길을 돌렸다. 협은 그길로 걸음을 재촉하여 늦은 저녁쯤 돼서 김태좌 선생 댁에 이르렀다. 그런데 보통사람으로도 문전나그네를 괄시하지 못하거늘 고명하신 선생한테 괄시 당할 줄은 몰랐다. 협이 다쓰러져 가는 단칸 사랑방문을 열고 공손히 서서 문안을 아뢰었더니 좀이 파먹어 한 모퉁이가 갈린 관을 쓰고 시커먼 솜옷을 아무렇게나 입은 김태좌 선생이 아랫목에 드러누운 채,

"어느 소년인데 인기척도 없이 방문을 열고 나의 단잠을 깨우느냐!"

하고 책망을 했다. 협은 다시 절하고 말했다.

"잘못하였습니다. 용서하시옵소서."

"용서고 말고 빨리 너 갈 곳으로 가거라. 나는 누구하고든지 할 말이 없다!"

"선생님! 저는 선생님을 한 번 모시고 싶어 오늘날 이렇게 찾아왔사오니 버리지 마시고 댁에 두고 가르쳐 주시옵소서."

이렇게 애절하게 간청했다. 김태좌 선생은 협을 유심히 바라보더니,

"너의 마음이 단정하고 볼 점이 있는 것 같으니 어디 두고 보자. 들어와 앉아라."

하고 비로소 일어나 앉는다. 협은 황송하여 꿇어앉았다.

"그래, 네가 나한테 공부하러 왔다구?"

"네."

"학생은 인생을 귀히 사랑하고 원하는 것을 만분지일이라도 돕는 것이 옳거늘, 어찌하여 오늘 길에서 초면 처녀에게서 병을 고치고도 사랑하는 마음이 없어 그의 길을 배웅하지 않았으니 그런 마음으로 무슨 공부를 하겠다는 거냐?"

"황송하옵니다. 아직 배우지 못한 죄입니다."

"그러면 내 집에서 고용이라도 하며 공부를 하겠느냐?"

"고맙습니다. 무슨 일이든 하겠습니다."

하고 협은 머리를 조아렸다. 한편 아까 자기와 처녀가 만났던 일을 어떻게 선생님이 아실까 생각하니 참으로 놀라운 일이었다.

협의 발목을 고쳐 준 처녀는 바로 김태좌 선생의 질녀였다. 이 처

녀 역시 글을 많이 읽고 문벌이 훌륭한 여자로 봄이 오면 산천경개[1]
川景槪 자연의 경치 를 탐하여 해마다 산에 올라 나물을 뜯는 것이었다. 나물
을 하러 갔다 오다가 마침 협을 만나 괴로워함을 보고 인정에 못 이
겨 치료를 해준 것이었다. 이 처녀의 이름은 김명숙이라 했다. 그녀
는 그길로 지름길을 이용해 협보다 앞서 벽화촌으로 돌아와서 자기
숙부에게 숙부를 찾아오는 소년을 만났던 것을 이야기했던 것이다.

선우협은 마음과 뜻을 다하여 시전과 주역이며 춘추와 경서를 배
우는데 낮에는 선생님 앞을 떠나기 싫어하고 밤이면 밝지 못한 등잔
불 아래서 자정이 되도록 공부하였다.

어느 날 김태좌의 생일이 되어 친척이 모두 모이게 된 날이었다.
그 날은 글방을 닫고 함께 즐겁게 놀며 집안이 떠들썩하게 잔치를
벌이는데 명숙이도 참례를 하고 있었다.

협은 명숙이가 온 것을 보고서 비로소 지난 일을 생각했다.

그러나 명숙은 그동안 협의 공부가 일취월장한 것을 잘 알고 있었
다. 그리고 그를 보고 싶은 마음이 간절했다. 명숙이가 마침 마루에
서 상을 보는데 협이 술심부름을 하러 오게 되었다.

"무엇을 올릴까요?"

"사랑에서 더 내오라고 하시는데요."

"이리 오세요."

하고 부엌으로 들어가 술항아리를 열고 술 한 쪽박을 떴다.

협은 술 주전자를 내밀었다. 그러나 명숙의 눈은 주전자에 있지

않고 협에게 있었으니 술을 엉뚱한 곳에 부으며 말한다.

"그동안 공부하시느라 안색이 안됐어요."

"뭘요."

"공부하다가 정히 답답할 때에는 저 있는 집으로 놀러오세요."

"……."

"여쭐 말씀이 있어요. 오늘밤 축동으로 오세요."

"네."

처녀가 적극적이었다. 그러고 있는데 사랑에서는 야단이 났다.

"협아! 무엇하느냐. 어서 술 가져오너라."

하는 소리가 들린다. 협이 깜짝 놀라 보니 아직 빈 주전자라 황급히 술을 퍼 담아 가지고 나갔다. 그날 밤 약속대로 그들은 벽화촌 축동에서 만났다. 잔잔히 흐르는 축동 개울물과 으스름한 달밤은 두 젊은 남녀의 마음을 어지럽게 했다. 명숙은

"모두가 연분인 것 같아요."

하고 말문을 연다.

"연분이라니?"

"제가 연분의 뜻을 설명할까요?"

"그다지 급하진 않소."

"전 대단히 급해요."

"……."

협은 아무 말도 없다. 그럴수록 명숙은 열을 올렸다. 그와 함께

불만도 컸다.

'어쩜 이처럼 목석같을까?'

하는 생각도 들었다. 그러나

"몹시 고단하시죠."

하고 말머리를 돌렸다. 협은,

"뭐 별로……."

하고 말끝을 흐려버리고 말았다.

서로 헤어져 돌아온 협은 생전 처음으로 여자에게 욕을 당한 것도 같고 기쁜 것도 같아 잠을 이루지 못했다.

이튿날 아침 일찍이 일어나 앉아 곰곰이 생각하니 이 집에 오래 있다가는 필경 무슨 일이 생길 것 같아 미리 딴 데로 옮기는 것이 공부에 방해가 안 될 거라는 생각이 들었다. 그래서 선생님의 승낙만 얻으면 떠나리라 결심했다.

김태좌는 자기 질녀가 과년한 것을 염려하여 사방으로 매파를 놓아 참한 신랑감을 구하고 있었으며, 집안 사람들이 모이면 의논이 분분했다. 명숙은 가끔 백부 댁으로 놀러 와서는 슬그머니 협을 보고 돌아가는 것을 일삼고 있었는데 하루는 명숙을 보자 백부가

"애, 네 마음은 어디로 시집을 가야 좋을 것 같으냐?"

하고 물었다. 명숙은 대답이 없었다.

"왜 말이 없느냐?"

백부는 재차 묻는다. 명숙은 퍽이나 망설이다가 마음먹은 것을 고

백했다.

백부는 질녀를 돌려보내고 협을 불렀다.

"내 질녀 하나를 두었는데 보잘 것은 없지만 남편 하나는 섬길 만하니 협아 너는 내 집 사람됨이 어떠하냐?"

하고 물었다.

"황송하오나 제가 결심한바 심, 성, 이치, 기운을 충분히 연구하기 전에는 장가들 생각이 없습니다."

하는 것이 협의 대답이었다. 선생은 이튿날 질녀를 불러 협이 불응함을 전하였다. 명숙은 몹시 낙망하여,

"그렇다 하는데 할 수 있습니까? 그러나 전 딴 데로 출가할 생각은 없습니다."

하고는 눈물이 글썽해진다. 명숙이는 분하기가 짝이 없었다. 그래서 그날 밤 아이를 보내어 축동에서 다시 만났으나 협은 끝내 목석이었다.

협은 이튿날 아침,

"그간 선생님께 많은 은혜를 입사와 무엇이라 아뢰지 못하겠습니다. 지금 용악산으로 들어가고자 하오니 꾸짖지 마옵소서."

라는 인사를 남겨 놓고 벽화촌을 떠났다. 길을 가다가 한 고개에 이르니, 웬 노파가 먼 산만 바라보고 눈물이 글썽해 앉아 있다. 협이 사정을 물으니,

"내가 이십 전에 아들 하나를 두고 갖은 고초를 겪으며 길러오다

가 나이 십칠 세가 되자 장가를 들였지요. 신부가 세 살이나 위여서 금실이 그다지 좋지 못한 편이더니 한 사나흘 전에 며느리가 나물 캐러 간다고 나가서 들어오지 않아 알아보았더니 이웃에 사는 박점보라는 사람하고 이 산 쪽으로 갔다 합니다. 그 사람 고모네 집으로 간 것 같은데 고모부의 이름은 김춘추이며 부자로 지낸답니다. 그런데 저 동네인지 저편 동넨지 알 수가 있어야죠."

협이 노파를 데리고 김춘추를 찾아가니 박점보가 노파의 며느리와 함께 부부연하고 있었다. 협은 노파의 며느리에게,

"여자는 남의 집에 가서 일부종사하는 것이 귀부인의 근본이며, 이부종사 하는 것이 귀부인의 근본이며, 이부종사는 설혹 흡족한 듯하나 귀부인의 말로이오니 깊이 생각하시라."

하고 간곡히 타이르고 용악산에 이르러 홍범洪範_천하를 다스리는 큰 법의 남은 뜻을 공부하기 시작했다.

하루는 여자 손님이 찾아왔다. 그 여자는 용악산으로 오는 길에 이부종사는 인종지말이라고 설교한 일이 있는 노파의 며느리였다.

그 여인은 그때 이 설교를 잊지 못해 왔다고 하며 자기 아버지는 서울 태생으로 일가가 헤어져 흩어진 후 수양녀가 되어 갔다가 시집을 갔던 것이라 하였다. 나이는 스물넷이고 이름은 주영란이라 했다.

눈썹은 붓으로 그린 듯했고 샛별 같은 눈은 빛나며 살빛은 백옥 같았다. 어째서 저런 여자가 귀부인이 못 되고 팔자가 사나워 지금은 의탁할 곳조차 없게 되었나 생각하니 한심스러웠다. 며칠이 지났

다. 주영란은,

"객지에서 얼마나 적적하세요."

하며 노골적인 추파를 던졌다.

"아니오. 공부하는 몸이라 아무 잡념도 가질 수 없소."

그러나 주영란은 끈덕지게 유혹을 했으며, 갑자기 협의 손을 붙잡고 얼굴을 협의 무릎에 파묻었다. 협은 당황했으나 여자가 이같이 된 경우에는 갑자기 반대할 수 없음을 알고 한 계교를 생각해냈다.

"여보, 그대가 이왕 나를 이처럼 생각하는데 난들 모를 리야 있겠소."

하는 협의 말을 주영란은 사실로 알고 물러나 앉는다. 협은 다시,

"내가 여자를 항상 환영했더니 요사이 불운하게 병이 생겨서 고통이 심하오. 만일 지금 그대를 환영한다 하면 그대도 고통을 당할 것이니 몇 달 동안만 기다려 주면 고쳐가지고 그대를 맞아들이겠소."

했다. 주영란은 서운한대로 다짐을 했다.

"그럼 굳게 약속을 지키시고 병을 고치세요."

"그대의 귀한 몸을 보호해야 할 것이니 당신 방으로 돌아가시지요."

이렇게 하여 협이 우선 주영란을 돌려보냈으나 장차 어떻게 면할까 크게 근심이 되었다.

주영란은 철석같이 믿고 때때로 문병을 왔다. 세월은 빨라 어언

몇 달이 지났다. 그래도 협은 병이 나았다고 하지 않았으며, 1년이 지나도 도무지 차도가 없다고 하며 공부에만 열중했다. 참다못한 영란이 드디어는 어디론지 가버리고 말았다.

협의 높은 학식은 세상에 알려졌고, 인조대왕께서 벼슬을 주어 부르려 하였으나 끝내 사양하고 올라가지 않았다.

다음 효종대왕 때에도 역시 둔암 선생(협의 호)에게 성균관의 사업 벼슬을 내리고 예절을 갖추어 불렀으나 역시 올라가지 않고 사직하였다. 그리고 상소를 올려 마음을 다스리는 도와 이치를 연구하는 법을 극진히 베풀어 설명하고 어진 사람을 쓰는 데는 종류를 가리지 마옵소서 하였다.

효종께서 그의 말을 어여삐 받으시고 다시 올라오라고 분부했다.

선생은 할 수 없이 서울로 올라가서 대궐에 들어가 사은숙배^{謝恩肅拜} 임금의 은혜에 감사하여 공손하고 경건하게 절을 올리던 일 하고 곧 시골로 물러났다. 효종께서는 그가 갔다는 말을 듣고, 선생이 물러감을 알려주지 않은 승지들을 책망하였다.

선생은 그 길로 삼남으로 내려가서 명산과 대천과 풍토를 구경하려고 우선 충청도의 고명하신 신독재 김집 선생을 찾아갔다. 가는 길에 노자가 넉넉지 못한지라 석양쯤 되어 어느 조그마한 주막에 들게 되었다.

이 주막은 어찌나 어려웠던지 저녁상이 무짠지 한 그릇에 밥 한 그릇이었다. 우선 시장하니 달게 먹고 나서 목침을 높게 베고 누워

책을 보려 할 때에 문밖에서 여자가 묻는다.

"좀 들어가도 좋을까요?"

하더니 한 젊은 여자가 들어온다.

"다름 아니라 저는 일찍이 김모의 딸로 팔자가 기박하여 이 집으로 시집을 왔다가 불행하게도 남편이 세상을 떠나고 혼자 이와 같이 지내는데, 그동안 이 집을 떠나려고 하였으나 이 집 사람들이 억세어서 나를 죽인다고 위협을 하므로 오늘까지 나서질 못했으며, 오늘 밤엔 이 실낱같은 목숨을 끊으려 하던 참이 옵니다. 마침 오늘 선생이 오셨기에 그 자태를 엿보니 범상치 않은 인물로 보여 부끄러움을 무릅쓰고 이와 같이 나와 하소연을 하오니 인정이 태산 같으신 선생께서 방도를 가르쳐 주십시오."

하면서,

"어디든지 따라갈 테니 데리고 가 주십시오."

한다. 그뿐만 아니라 동침하기를 강요하는 것이었다.

실로 가는 곳마다 여난이었다. 겨우 달래어 그 온당치 못함을 간신히 타이르고 날이 새기가 바쁘게 길을 떠나고 말았다.

삼남을 돌아 3년 만에 고향에 돌아온 둔암 협 선생은 무수한 제자를 거느리고,

"누구든지 수학할 때는 여자를 주의하라."

는 훈계를 항상 하였다. 실로 아름다운 세 여자를 물리친 심정은 여기에 있었다.

열한 번째 이야기

뒷박으로 왜적을 물리치다

임진왜란 때 의병장으로 그 명성이 혁혁하던 병사 김면이라면 거의 모르는 사람이 없을 것이다.

그가 그렇게 공을 세우고 이름을 날리게 된 것은 그의 열렬한 충의와 절륜한 무용이 있는 까닭이겠지만 사실은 그의 충의와 무용보다도 그 부인의 특이한 지모로 말미암은 것이라 하겠다.

김면은 원래 소년 시절부터 집안이 가난했다. 그래서 밥 굶기를 그야말로 있는 집 사람들이 떡 먹듯 하고 옷도 또한 헐벗었으니 누가 그를 사위 삼으려고 했겠는가.

김면은 나이 20이 훨씬 넘어 노총각이 되도록 장가를 가지 못하고 있었으니 그도 저절로 한숨이 나왔다. 그러니 이웃 사람들이 모두 노총각이라고 손가락질하였고 조소하였다. 그런데 그때 그 근처에 마침 한 처녀가 있었으니 얼굴이 추하고 못생기기로 또한 이름 높았고 역시 나이 20이 훨씬 넘도록 아무도 그 추녀를 데려가는 사람이 없었다. 그래서 그녀는 꽃다운 청춘을 그냥 규중에서 허송하게 되었다.

마침 안성맞춤인 두 노총각 노처녀는 우연한 기회에 서로 알게 되어 피차에 동정심이 생기고 또한 정의가 통하여 남다른 사랑을 하게 되었다.

하늘이 그들을 점지해 주심이 틀림없다고 믿었으며 그들은 행복했다.

얼마 동안은 서로 달콤한 사랑을 속삭이다 드디어 그들은 정식 성혼을 하게 되어 부부가 되었다. 그 부인은 외모가 비록 그렇게 추하고 못생겼지만 옛날 제갈량의 부인 황씨 이상으로 지모와 식감이 특히 비상하였으니 김면은 자기 아내로 알 뿐 아니라 선생처럼 대접하고 아주 우대를 해 주니 무슨 일이든 그 아내가 시킨다면 추호도 거역함이 없이 일일이 복종하게 되었다.

하루는 그 부인이 별안간에 하인을 부르더니 수중에서 은자 석 냥을 꺼내 주면서 말하는 것이었다.

"이 길로 건너 마을 장터를 가면 초라한 사람이 아주 파리하고 비루먹은 말 한 필을 팔려고 할 터이니 아무 말도 하지 말고 이 은을 다 주고 그 말을 사 가지고 오너라."

하인은 부인의 말이 너무 이상하여 마음이 내키지 않았으나 양반 부인의 분부라 감히 거역하지 못하고 반신반의하며 가르쳐 주는 그 장터로 갔다.

하인이 장터에 가서 그 말 가진 사람을 찾느라고 기웃기웃하고 있으려니까 과연 부인의 말대로 그러한 사람과 말이 있고 그 값도 틀림없는 은자 석 냥이었다. 하인은 신기하게 여기면서 그 말을 사 가지고 집으로 돌아오게 되었다.

김면 부인은 크게 기뻐하며 자기의 손으로 친히 말을 먹이고 또 침도 놓고 뜸으로 떠 주기도 하니 불과 며칠 사이에 그 뼈만 남고 앙상하던 말이 살이 쪄서 누가 보아도 훌륭한 용마로 변했다. 또한 그 말을 타고 달리게 되면 빠르기가 비호와 같아서 순식간에 천 리를 달리는 것이었다.

김면이 이 말을 특히 사랑하여 뒷날 의병장이 되었을 때에도 항상 그 말을 타고 도서로 행차하여 군사를 지휘하였다는 것은 너무도 유명한 이야기의 하나이다.

그리고 또한 그들이 사는 동네의 남쪽에는 넓은 들이 있는데 해마다 장마가 지면 냇물이 그리로 넘쳐흐르고 모래와 돌이 쌓여 곡식을 제대로 실을 수가 없어서 몇 십 년을 사황지로 버려두었다. 그런데 하루는 김면 부인이 남편을 시켜 동네 사람들을 모조리 청하게 했다.

그리고 술과 음식을 많이 차려서 먹이고 다 같이 힘을 써서 그 벌판에 논을 만들라고 하였다. 그러나 여러 사람들은 모두 코웃음을 치며 안 될 일이라고 응하지 않았다.

그러나 그 남편 김면은 부인을 천신같이 믿는 까닭에 여러 사람들에게 강권하게 되었고 새로 작답을 시작하였는데 얼마 안 가서 비가 오기 시작하였다. 그 비는 며칠 동안 계속해서 내렸다. 그러나 해마다 그 벌로 흘러오던 홍수가 뜻밖에 그 건너편 둑을 붕괴시키고 터져 흘러가고 있는 것이었다. 그리고 그 전날에 진흙 바다가 되던 그 벌은 아주 사전지대가 되고 말았다.

한편 작답하였던 논은 모두 일등 답이 되어 농사를 잘 지어먹게 되니 동네 사람들이 모두 놀라고 탄복해서 김면 부인을 귀신같이 믿게 되었던 것이다.

그 후부터는 무슨 일이든지 김면 부인의 말 한 마디가 곧 왕의 말이나 다름없었고 그 왕의 말이 조금도 어긋나는 법이 없어서 절대적이기도 하였던 것이다.

그 뒤 선조 24년, 신묘년 봄을 맞이하게 되었다. 다른 해 봄에는 김면 부인이 동네 사람들을 지휘하여 어느 논에는 무슨 벼를 심고 어느 밭에는 무슨 곡식을 심으라고 했는데 그해 봄에는 특별히 아무 곡식도 심지 말고 꼭 박만 심으라고 지휘하였다. 어처구니없는 말이 아닐 수 없었다.

도대체 그 넓은 벌에다 박을 심어서 그 박을 무엇에 쓸 것인가 말이다. 그렇다고 동네 사람들을 모두 다 바가지 장수를 시킬 것도 아니겠고……

다른 사람이 만일 그런 말을 하였다면 미친 사람이라고 비웃고 콧방귀를 뀔 것이 틀림없는 노릇이었으나 그 마을의 전무후무한 신과 같은 김면 부인의 말인지라 듣지 않을 사람은 하나도 없었다.

그렇게 박농사에 게을리 하지 않았으니 그 동네는 모두 논에도 박이요, 밭에도 박이요, 산비탈에도 박이요, 논둑, 밭둑에도 박이어서 온 동네가 아주 박 천지가 되어 버렸다.

가을이 되어 거둬들이니 집집마다 박이 마치 산더미같이 쌓여 있게 되었다.

김면 부인은 다시 마을 사람들을 지휘하여 딴 박으로 모두 뒷박을 파서 송진을 시꺼멓게 칠하도록 했다. 그리고 그 시꺼먼 뒷박을 댓가지에 꿰어 놓고 또 한편으로는 무쇠로 뒷박을 만들어 흑칠을 하고 철사에 꿰어 놓았다. 그렇게 하여 놓으니 얼른 보기에는 어느 것이 쇠 뒷박이고 어느 것이 박 뒷박인지 분간하기가 곤란하게 되었다. 그리하여 김면 부인은 쇠 뒷박은 모조리 모아서 자기가 따로 광에 잘 간수하여 두고 다른 보통 뒷박은 동네 사람들에게 집안 식구수대로 나눠 주면서 잘 간수하라고 했다.

이런 허무맹랑한 일을 한 동네 사람들은 그것이 무슨 영문인지도 모르고 꿀 먹은 벙어리 마냥 그저 묵묵히 김면 부인이 하라는 대로 복종할 뿐이었다.

그 이듬해 임진 4월에 뜻밖의 큰 난리가 일어나게 되었다.

우리 역사에 가장 굴욕적이요, 또한 우리 삼천리금수강산을 샅샅

이 짓밟고 곳곳마다 잿더미를 만들어 놓은 왜병들의 침입, 그 절치

부심切齒腐心 이를 갈고 마음을 썩힌다는 뜻으로, 대단히 분(憤)하게 여기고 마음을 썩임하였던 임

진왜란이었다.

왜병들은 하루 만에 부산을 함락시키고 파죽지세로 각지를 점령

하여 조선 팔도강산이 모두 무인지경이 되었다.

이 포악무도한 도둑떼에 감히 대항하는 자가 없었고, 곳곳마다 남

녀노소가 피난을 가느라고 울며불며 야단이어서 이리 몰리고 저리

몰리고 갈팡질팡하며 아우성을 쳤다.

문자 그대로 아수라장이 아닐 수 없었다. 왜놈들은 닥치는 대로

방화, 약탈, 살육, 부녀자 강간 등 사람으로서 하지 못할 짓을 저질

렀다. 그 비참하던 광경은 차마 입으로, 또한 글로 쓸 수 없을 정도

로 참혹했다는 것이 사기에도 적혀 있다.

이때에 김면 부인은 동네 사람들을 모아놓고 비장하게 불을 뿜는

듯한 어조로 말하였다.

"여러분! 우리는 지금 국가 최대의 위기에 처해 있는 것이요, 지

금의 적세가 창궐하여 팔도가 모두 그 해를 아니 입은 곳이 없으

니 누구나 이 동네에서 한 발짝이라도 옮기게 된다면 모두 변을

당할 것입니다. 그러나 내 말을 잘 들어 지휘하는 대로 한다면 살

아날 것이니 동네 여러분들은 한 사람도 동요하지 말고 다 나의

말에 따라주십시오."

그리고 부인은 그제야 감추어 두었던 쇠 됫박을 꺼내어 동구 밖

적병이 들어오는 길가에다 벌려 놓았다. 그리고 동네 사람들에게 모두 박 뒷박을 씌워서 동구 밖에 진을 치고 적병이 오기를 기다렸다.

며칠 뒤에 적병들은 과연 그 동네 앞을 지나가다가 그곳이 백여 호나 되는 대촌인 것을 보고 습격을 하려고 조수 물밀 듯이 떼를 지어 그 동네로 들어오게 되었다.

그러나 들어오다가 동구 밖에서 쇠 뒷박을 보고 이상히 여겨 들어보니 무게가 450근이나 되어 아무도 감히 번쩍 들어보지를 못하였다.

그러는 찰나 별안간 동구 밖 산 밑에서 북소리가 요란하게 나더니 무려 5, 6백 명이 일제히 고함을 지르며 자기네들이 들어본 쇠 뒷박과 같은 뒷박을 쓰고 내달리니 왜적들은 크게 놀라며,

"여기는 모두 장사들만 사는 곳이니 침범했다가는 한 사람도 살기 어려울 것이다. 어서 빨리 도망가도록 하자. 빨리빨리……"

하고 도망치고 말았다. 김면이 그 기회를 타서 뒤를 추격하여 공격하니 여기서 왜적들은 크게 패하고 말았다.

김면 부인은 그후 점점 동네 사람들을 독려하여 적군을 방어하게 하였고 또 한편으로는 남편 김면을 독려하여 의병을 일으키게 하였다.

그때 다른 동네 마을은 모두 적군에게 화를 입었으나 유독 그 동네만은 8년 동안이라는 긴 난리에도 아무런 화를 입지 않았고 온건하게 잘 피난을 했으며 김면도 또한 의병 대장으로 여러 번 큰 공을 세웠다.

의적이 된 갈처사의 자수

"여보 영감! 누군지 이 동네를 지나가기만 하면 애들이 '갈처사, 올처사' 하고 놀리니 누구를 그렇게 놀리는지 영감은 아슈?"

김 샌님의 부인이 김 샌님에게 묻는 말이다.

김 샌님도 귀를 기울이고 듣고 있다가 대답했다.

"올처사란 말은 놀리는 말이고 실상은 갈처사를 그렇게 부르는 것이오."

"그런데 어째서 갈처사라고 불러요? 그는 이름도 없나요?"

"그건 알아 뭣하오? 그도 우리와 같이 이름이 분명히 있는 사람이오. 그러나 그는 세상을 등지고 사는 사람이기 때문에 이름까지 감추고 갈처사라고 행세하는 것 같소."

"그런데 왜 갈처사라고 행세를 하는 것인가요?"

"그가 갈처사라고 행세하게 된 것은 그의 성이 갈 가이기 때문에 갈이라 부르게 된 것은 아니요. 사철 갈포_{葛布 거친 칡베로 지은 도포}로 만든 옷을 입고 지내는 까닭에 세상 사람들이 그를 일컬어 갈의거사라, 혹은 갈처사라고 부르는 것이오."

"그런데 그의 집은 어디며 그에게도 부인이 있나요?"

"그도 우리와 같이 남산골에 사는 모양인데 부인이 있는지는 확실히 모르겠소."

"그런데 도대체 어떠한 사람인데 사철 갈포로 만든 옷만 입고 살아요?"

"그는 오늘의 조정과 사회에 대하여 큰 불평을 가진 불평객이오. 그가 오늘날 몸에 갈포를 걸치고 걸인 행색을 하고 지내지만 그의 말에는 항상 사람을 놀라게 하는 재치가 있고, 그의 웃음에는 인간사회를 조롱하는 해학이 숨어 있다오. 오늘날 뼈있는 가문의 자손으로 경국제세_{經國濟世 나라를 잘 다스려 세상을 구함}의 뜻을 가졌지만 때를 못 만나 초야에 묻혀 지내는 사람이 있다면 갈처사도 그 중의 한 사람일 것이오. 부인도 잘 아는 김유근도 갈처사와 같이 불평객이었는데 그는 갈처사와 친하게 지냈다오. 그런데 김유근이 정조로 들어가 이조판서 노릇을 하자 갈처사는 세상에 믿을 사람이 없음을 한탄하고 그와 절교를 하였다오. 갈처사란 이러한 사람이라오. 이만하면 알겠소?"

김 샌님이 이렇게 말하자, 그의 부인은 그제야 갈처사가 불우한 인물임을 알고 동정의 긴 한숨을 지으면서 쓸쓸한 생각에 잠겨 있었다.

어느 날 갈처사는 눈을 감고 무엇을 생각하고 있다가 혼잣말로 중얼거렸다.

"이젠 이 말썽 많은 인간사회를 완전히 등지고 명산이나 대천을 찾는 유랑의 나그네가 되어 보자."

이렇게 중얼거리던 갈처사는 한 줌쯤 되는 보따리를 등에 걸머지고 죽장에 몸을 의지한 채 길을 나섰다.

그리하여 그는 산을 넘고 내를 건너면서 명산과 대천, 또는 명승과 고적을 찾기 시작했다. 그러나 그는 순례 도중에 대적당의 습격을 받게 되었다.

대적의 무리는 갈처사의 행색이 너무도 초라해서 손을 대려 하지 않았으나 갈처사가 보따리를 짊어지고 있으므로 그것을 빼앗아 그 속에 있는 것을 조사해 보았다. 그러나 있는 것이란 갈포로 만든 옷 두어 벌과 버선 두어 켤레뿐이었다. 그나마 다 떨어진 것이었으므로 도적들은 도로 내주면서,

"여보슈! 당신의 살림살이도 비참한 모양인데 지금 가는 곳이 어디시우? 쓸데없이 돌아다니지 말고 우리 적당으로 들어와 한 몫 보는 게 어떻겠소?"

하고 입당하기를 권하였다. 그래서 갈처사는 대적당의 소굴로 들어가 그곳에서 하루 이틀 묵고 있었다. 그러는 사이에 그는 깊이 생각한 끝에 적당의 한 사람이 될 것을 쾌히 승낙하였다. 그리고 그가

가진 모든 재주를 이용해서 도둑질 하는 방법을 적도에게 알려주었기 때문에 이 적당은 당시에 있어서 여러 적당 중 가장 무서운 적당으로 지목되었다.

갈처사는 어느 날 그가 적당의 한 사람으로 전락됨을 한심스럽게 생각하고 혼잣말로,

"내가 적당에 들어온 지도 벌써 1년이 넘었구나. 내가 비록 대적당의 한 사람이 되었지만 조상의 피가 나의 혈관 속에 흐르고 있는 이상 어찌 일개 도둑놈으로 끝을 낼 것이냐? 내 차라리 녹림의 호걸이 되어 세상 사람으로 하여금 나의 행색을 알게 하리라."

하고 새로운 결의를 갖게 되었다.

그리하여 그는 자기의 적당을 몇 개로 나누어 편성함과 동시에 적당의 두목이 되어 호남 전역을 목표로 약탈을 시작하였다. 그런데 이 적당은 인적을 찾아볼 수 없는 깊은 산 속을 거점으로 삼고 여기서 군대식 훈련을 받기 때문에 진퇴에 있어서나 행동에 있어서 딴 적당에서는 찾아볼 수 없는 특징을 가지고 있었다. 그래서 이 적당을 일망타진한다는 일은 쉬운 일이 아니었다.

그러나 긴 세월에 걸쳐 호남 전역을 무인지경 같이 돌아다니면서 동에서 번쩍 서에서 번쩍하던 이 적당도 운이 다했는지, 이 적당의 대장 중 한 사람인 쇠돌이란 자가 경계망에 걸리고 말았다. 쇠돌이가 비록 일개 대장에 불과하였지만 이 적당에서 그의 위치는 갈처사 다음가는 것이었으므로 쇠돌이가 체포되었다는 것은 치명적이었다.

이 소문이 적당에게 들려오자, 모든 적도들은 갈처사에게 모여들었다.

"선생님! 쇠돌이가 잡혔다니 정말인가요?"

갈처사는 태연한 태도로 대답했다.

"글쎄다. 잡힌 모양이다."

"그런데 어쩌다 잡혔을까요?"

"글쎄다. 우리 동지 중 마음 약한 자가 악형에 못 견디어 쇠돌이가 어디에 있다는 것을 분 모양이다."

이 말을 들은 적도들은 새삼스레 겁을 집어먹고 진언하였다.

"그러면 선생님이 산 속에서 우리들을 지휘하고 계신다는 것도 불었을 것 같은데, 그러면 선생님의 신변도 편안하지 못할 것 같습니다. 속히 피하시는 것이 좋겠습니다."

하늘이 무너져도 꼼짝달싹하지 않을 기백의 소유자 갈처사는 적도들의 진언을 듣고,

"내 걱정은 그만두고 너희들 신변이나 조심해라. 나의 운이 아직도 남아 있는 이상 호남의 군교쯤은 말할 것도 없고 팔도의 군교도 나를 잡지 못할 것이다."

하고 기염을 토하였다.

"그런데 선생님, 쇠돌이가 살아 돌아올까요?"

"쇠돌이가 정말 잡혔다면 죽은 사람으로 생각하는 게 옳겠다. 그런데 너희들이 이런 말을 입 밖에 내고 걱정하는 것은 너희들이

우리 당의 참 정신을 모르기 때문인 것 같다. 우리 당은 첫째, 굶주림과 헐벗음으로 고생하는 만백성을 구제하기 위하여 생긴 것이고, 둘째, 탐권낙세貪權樂勢 권력을 탐내고 세도 부리기를 즐김의 정쟁으로 탐관오리가 발로하는 까닭에 그 무리들과 싸우기 위하여 생긴 것이다. 이를 안다면 죽는 것이 무섭지 않을 것이다. 우리들이 비록 산 속에 숨어 남의 재산을 약탈하는 적당이 되어 있지만, 탐관오리란 무리들은 소위 양반의 자손이란 것과 또는 배후의 권세를 믿고 청천백일 하에 백성의 재산을 약탈하고 있지 않은가? 우리가 약탈하는 것은 기한飢寒 굶주리고 헐벗어 배고프고 추움에 우는 백성을 구제함에 있지만 그들이 약탈하는 것은 그들만이 잘 살려함에 있다. 우리는 소위 양반 부자, 벼슬아치 부자들을 목표로 약탈에 주력하여야 하겠다."

갈처사는 자기 당의 정신을 다시금 부하들에게 일깨웠다.

"여보게 바위! 우리가 하루도 놀지 않고 돈벌이를 한다면 천 냥이란 돈을 생전에 모을 수 있을까?"

바위의 친구인 천만이는 바위에게 이렇게 말을 걸었다.

짚신을 삼고 있던 바위는 이 말을 듣고 한숨을 내쉬면서,

"무엇? 어째? 천 냥이란 돈이 얼마나 큰돈인데 우리가 천 냥을 모아! 자네 꼬락서니나 내 꼬락서니로는 꿈도 꾸어 보지 못하는 돈일세. 공연히 익은 밥을 먹고 선소리이치에 맞지 않은 서툰 말 그만두세."

하고 더 대꾸하기를 회피하였다.

천만이는 천 냥이란 돈이 굉장히 큰돈일 줄 몰랐는지 바위의 대답하는 말을 듣고 다시 물었다.

"천 냥이란 돈이 큰돈인 것은 사실이지만 모으려면 모을 수도 있지 않은가?"

"그러나 좀 들어봐! 돈 천 냥만 있으면 기와집 열 채를 살 수 있다네. 자네 팔자나 내 팔자로는 상상도 할 수 없는 돈이지."

천만이는 이 말을 듣고 한참 동안 무엇인가를 생각하고 있다가 말했다.

"그런데 자네 이런 소문을 들은 일이 있나?"

"무슨 소문 말이야?"

"좀 들어보려나? 우리 호남 전역을 휩쓸고 돌아다니는 대적이 있는 것을 자네도 알지?"

"알지!"

"이 대적의 두목 갈처사란 자를 잡아오는 자에게는 나라에서 상금으로 돈 천 냥을 준다네. 그리고 이 자가 숨어있는 곳만 알려주어도 5백 냥은 준다는데 우리 한번 갈처사 사냥이나 해보세."

"뭐? 갈처사 사냥을 해! 갈처사는 귀신같은 사람이라고 하던데 허튼 수작 그만두고 나처럼 짚신이나 삼게."

바위는 이렇게 대답을 하고 천만이로 하여금 다시는 입을 열지 못하게 하였다.

호남의 수사당국은 쇠돌이를 체포한 후부터는 이 적도의 괴수인 갈처사를 잡기 위하여 호남 열 개 읍의 근교를 총출동시킴과 동시에 한편으로 일반 민간에 대해서는 상금을 걸고서 이 자의 체포에 협력해 주기를 요청하였다.

그리하여 이 소문은 갈처사의 귀에까지 들어가게 되어 어느 날 갈처사는 부하들을 모아 놓고,

"너희들도 아는 바와 같이 수사당국은 나를 잡기 위하여 별별 수단을 다 쓰는 모양이다. 그러나 나에게 아직도 운이 남아 있으므로 내가 체포되지 않을 것이다. 사실 우리 적당은 우리의 배를 불리기 위하여 생긴 것이 아니지만 우리 때문에 호남 전역의 양민이 오랫동안 고통을 당하게 되었다. 도민과 너희들을 위하여 내가 체포되어야 하겠는데, 너희들의 생각은 어떠하냐?"

하고 자기의 심회_마음속에 품고 있는 생각이나 느낌를 말하였다.

그러나 적도들은 이 말에 대하여 아무대답도 하지 않고 갈처사의 얼굴만 바라보고 있었다. 갈처사는 다시 말을 이어,

"내가 이 당에 입당하여 두목 노릇을 한 지가 벌써 다섯 해나 된다. 나라에서는 지금 나를 잡으려고 한다. 나는 자수할 생각을 품고 있다. 내가 오늘에 이르러 자수하려는 것은 다름이 아니다. 첫째는 죄 없는 양민을 위하여, 둘째는 너희들을 위하여 자수하려는 것이다. 내 자신을 살리기 위해서 자수하려는 것이 아님을 알아다오."

하고 자기의 결심한 바를 말하였다.

그러한 후 갈처사는 전주영장營將_조선 시대에 둔, 각 진영(鎭營)의 으뜸 벼슬 이관상에게 자수하였다. 이관상은 갈처사가 자수하자 그를 기다리고 있었던 듯이 모든 공사를 뒤로 미루고 갈처사를 문초하는 것에 온힘을 쏟았다.

"네가 갈처사라지?"

"그렇소이다."

"너의 이름은?"

"이름 말씀이오니까? 저 같은 놈에게 무슨 이름이 있겠습니까?"

"너의 집은?"

"집도, 계집도, 자식도 아무 것도 없습니다."

"너의 나이는?"

"나이 한 오십 됩니다."

"네가 호남 전역을 휩쓸고 돌아다니던 대강도단의 두목이지?"

"그렇소이다."

"글을 배운 일이 있던가?"

"글자나 조금 배운 일이 있소이다."

"네가 아무리 안 잡히려 해도 잡힐 것 같아 미리 자수한 것이지?"

갈처사는 이 말을 듣기가 무섭게 코웃음을 치면서,

"소인이 오늘에 이르러 자수한 것은 잡힐까 겁이 나서가 아니올시다. 소인 한 사람 때문에 죄 없는 양민들이 횡액橫厄_뜻밖에 닥쳐오는 불행에 시달려 고생하는 것이 안타까워서 기꺼이 자수하기로 결심한 것이외다."

하고 소리 높여 대답했다.

"이놈! 말은 좋다. 신수가 멀쩡한 놈이 뭣을 못해 강도의 괴수가 되었단 말이냐?"

갈처사는 이 말을 듣고 소리를 내 껄껄 웃으면서 대답했다.

"소인이 강도란 말씀입니까? 황송한 말씀이지만 영감님께서는 강도란 말의 진의를 모르시는 모양입니다."

"이놈! 건방진 놈!"

화가 난 영장은 갈처사를 형틀에 올려놓으라고 명령하였다.

그러나 갈처사는 이 위협에도 굴하지 않고,

"영장님! 죄인의 말에도 취할 점이 있사오니 널리 생각하시고 소인의 말을 다 들으신 후에 소인을 죽이시든지 맘대로 하십시오."

하고 힘차게 말했다. 영장은 그제야 마음을 돌리고,

"죄인의 말에도 취할 점이 있다니 무슨 말이냐? 할 말이 있거든 해보아라."

하고 갈처사를 응시하며 말했다. 갈처사는 새삼스럽게 정색을 하고,

"영장님! 옛말에 큰 도둑놈은 나라를 도둑질하고, 작은 도둑놈은 사람의 재산을 도둑질한다는 말이 있습니다. 그렇다면 소인을 누가 대적이라, 강도라 부르겠습니까?"

하고 대답하자, 영장은 다시 소리를 높여서 꾸짖었다.

"그러면 네가 대적이 아니란 말이냐? 네 놈 참 뱃심 한번 좋다."

그러나 갈처사는 여전히 태연한 태도로 말하기 시작했다.

"영장님! 이 세상은 도둑놈의 세상이올시다. 세상이 도둑놈의 세상임에 대하여 잠깐 아뢰옵고 영장님의 분부를 기다리겠습니다. 첫째, 조정의 대관들은 어떠합니까? 그들은 임금의 귀와 눈을 가려가면서 정권의 약탈을 일삼고 있지 않습니까? 그러다가 정권을 약탈하면 당장에 자기네의 자제이며 친척은 말할 것도 없고, 자기네 도당의 사람을 요직에 앉히고 충신과 열사를 몰아내지 않습니까? 이 때문에 나라가 위태해지고 백성이 도탄에서 헤매게 되지 않습니까? 소인은 저 대관들을 대적 중에서도 대적, 강도 중에서도 강도라고 부르고 싶습니다. 황송하오나 영장님께서는 어떻게 생각하십니까?"

영장은 갈처사의 말을 다 듣기 전부터 눈을 부릅뜨고 있다가,

"이놈! 건방진 놈! 그게 다 무슨 소리냐? 네놈이 치도곤 맛을 보아야 정신을 차리겠구나."

하고 영리(營吏 조선시대에, 감영·군영·수영에 속하여 있던 서리)로 하여금 형구를 준비하게 하였다. 이 때 갈처사는 죄인으로서 가져야 할 공손한 태도로 돌아가면서,

"영장님! 아까도 아뢴 바와 같이 죄인의 말에도 취할 점이 있사오니 그저 건방진 놈, 흉악한 놈으로만 취급하지 말고 좀 더 들어주시면 한매에 죽어도 한이 없겠소이다."

하고 애걸하였다. 영장은 무슨 생각을 했는지 이렇게 대답했다.

"또 무슨 망령된 말을 하겠단 말이냐? 어디 간단히 말해 보아라."

갈처사는 다시 용기를 내서,

"영장님! 들어 보십시오. 둘째는 이 세상에는 여우같은 인물, 쥐 같은 인물이 너무나 많아 이 나라를 좀먹고 있습니다. 이 무리들은 권문세가를 찾아다니다가 요행히 감사나 병사, 또는 수령이란 지방의 요직을 얻어 그 자리에 앉게 되면 백성의 존재를 무시하고 그들의 생명에까지 위해를 가하면서 재산을 약탈하여 잘 먹고, 잘 입고, 잘 놀고 지낼 뿐만 아니라 나아가서는 천석꾼 만석꾼이 되어 떵떵거리며 살고 있습니다. 그래서 소인은 이 무리들을 일컬어 대강도의 부하라고 부르고 싶습니다. 영장님께서는 어떻게 생각하시나이까? 그리고 셋째는 지방의 토호들이 양반세력을 믿고 불쌍한 백성의 재산을 착취하는 것입니다. 그런데 관리된 자들은 이 것을 보고도 못 본체하면서 내버려두지 않습니까? 소인은 이 자들을 일컬어 대강도를 팔아먹는 자라고 부르고 싶습니다. 그리고 각 영 , 각 사 및 각 군의 서리胥吏_조선시대에, 중앙 관아에 속하여 문서의 기록과 관리를 맡아보던 하급관리도 백성의 주머니를 닥치는 대로 털어먹고 있습니다. 영장님! 오늘의 세상은 이런 세상이올시다."

하고 자신의 생각을 말하였다. 만만치 않은 영장이었지만 갈처사의 기백과 담론에 끌려 눈을 감고 무엇인가를 생각하고 있다가 갈처사의 이야기가 끝나자 눈을 번쩍 뜨고,

"이젠 할 말이 없겠지?"

하고 갈처사를 노려보고 있었다. 영장이 이렇게 말하자, 갈처사는 다시금 절을 꾸벅하면서,

"영장님! 이제 마지막으로 한 말씀만 더 아뢰겠습니다. 영장님! 이놈의 꼬락서니를 좀 훑어보십시오. 이놈의 신변에 있는 것이란 이 보따리 하나와 대지팡이 하나뿐이올시다. 이미 아뢴 바와 같이 이놈에겐 집도, 계집도 자식도 아무 것도 없습니다. 이러한 놈이 무엇 때문에 강도당의 두목이 되었겠습니까? 저희들이 오늘날 강도라는 대적의 누명을 쓰게 되었지만 저희들은 저희들의 배를 불리고 등을 따뜻이 하기 위하여 도둑질을 한 것이 아니올시다. 다시 말하면 저희들은 굶주려 헤매는 사람, 등이 시려 우는 사람을 살리기 위하여 부득이 도둑질을 한 것이올시다. 영장님! 저희 도당은 잘 먹고 잘 입고 잘 놀고 지내는 자들의 재산을 약탈하여 기한에 허덕이는 불쌍한 백성을 구제할 것을 목적으로 삼아왔기 때문에 세상 사람들이 저희 도당을 일컬어 의적이라고 부릅니다."

영장은 이 말을 듣고,

"뭐 어째? 네가 의적이란 말이지? 이놈 별 말을 다 할 줄 아는구나!"

하고 냉소를 하였다. 영장의 냉소하는 태도를 보자 갈처사는 정색을 하고 말했다.

"영장님은 이놈이 제 입으로 의적이라고 해서 냉소를 하신 것으로

생각됩니다만 이놈이 의적으로서의 직책을 다한 데 대해서는 아무도 소인을 비난하지 않을 것으로 생각합니다.”

그러나 영장은 이 말을 듣고서도 여전히 비웃는 태도로,

“이놈 다 듣기 싫다! 네놈이 죽기가 싫어서 별 말을 다 하는구나!”

하고 호령을 하니, 갈처사는 껄껄 웃으면서 큰 소리로 말했다.

“영장님! 그게 무슨 말씀이오니까? 이놈이 죽는 것을 두려워하였더라면 애초부터 자수하지 않았을 것입니다. 이놈이 한 말에 거짓이 있거든 주저하지 마시고 당장 죽여주십시오! 이놈이 오늘날 자수해 온 것은 저희 도당이 양반, 부자, 벼슬아치 부자, 또는 민간 부자의 재산을 약탈하는 바람에 죄 없는 양민들이 횡액에 걸려 고생을 하므로 그들을 구하기 위하여 자수한 것이올시다. 이러한 놈이 죽기가 싫어서 이 말 저 말을 하였겠습니까?”

영장 이관상은 자수한 갈처사에게 적당의 두목으로서 저지른 일을 문초한 후 하옥하라는 명령을 내렸다. 그리하여 갈처사는 옥중에서 며칠을 보내게 되었다. 갈처사는 하옥된 지 닷새쯤 되어 또다시 영장 앞으로 불려 나가 문초를 받게 되었다.

“너에게 좀 더 물어볼 것이 있다. 그것은 다름이 아니라 너의 부하 적도들이 지금 어디 있는지 그것을 순순히 말할지어다.”

영장은 이와 같은 말로 다시 묻기 시작했다.

갈처사는 자기 부하까지도 살리기 위하여 자수하였기 때문에 부하 적도들이 숨어 있는 곳은 말할 것도 없고 그 인원수까지도 숨기

지 않고 분명히 알려 주었다.

갈처사에 대한 문초는 애초부터 호령과 고함으로 일관되었는데 이날부터는 영장의 말씨가 부드러워지기 시작하였다.

"그러면 이제부터는 너의 부하들을 잡아들여야 하겠는데 어떠한 방법으로 잡아들이는 게 좋을까? 군교를 동원시켜 잡아들이는 게 어떨까?"

영장은 갈처사의 부하들을 잡아들이기 위하여 이와 같은 말을 꺼냈다.

갈처사는 이 말을 듣고 눈을 떴다 감았다 하다가 자신의 의견을 말했다.

"군교를 동원시켜서는 안 될 것으로 생각합니다. 군교들이 가면 공포를 느끼고 도망칠 것 같습니다. 그리 된다면 일이 크게 벌어지기만 할 것이올시다."

"너의 말이 맞다! 그러면 어떠한 방법으로 잡아야 모조리 잡을 수 있을까?"

"영장님! 소인의 부하를 모조리 잡아들이기 위해서는 소인을 내보내시는 방법 외에는 다른 방법이 없을 것입니다. 그런데 영장께서 그리 하실 수 있는 지가 의문입니다."

갈처사가 이와 같이 말하자 영장은 잠시 생각에 잠겨 있다가,

"갈처사! 갈처사가 지금 나가서 열흘 안으로 부하 전원을 데리고 귀순 한다면 갈처사는 물론이고 부하전원도 양민으로 취급할 테

니 그대는 내 말대로 하겠는가?"

하고 갈처사의 확답을 듣고자 하였다. 그리하여 갈처사는 영장에게 열흘 안에 부하 전원을 데리고 와서 귀순할 것을 맹세하였고, 영장으로부터는 귀순한 부하를 양민으로 취급하고 처벌하지 않는다는 언질을 단단히 받은 후 급히 부하들이 있는 곳을 향하여 출발하였다.

갈처사의 부하 적도들은 갈처사가 자수하게 한 것은 호혈이나 사지로 보낸 것이나 다름없다고 생각하고 그날그날을 수심에 싸여 지냈다.

어느 날 적도 중 대장의 한 사람인 백호란 자가 적도들을 모아놓고,

"우리 선생님이 돌아가신 것 같다. 선생님이 자수를 하셨기 때문에 형벌이 좀 경감되었겠지만……, 오늘의 세상은 양반의 세상이니만치 안심할 수 없다. 특히 적당은 양반들을 귀찮게 한 까닭에……."

하고 걱정스레 말을 시작했다.

그러나 적도들은 이 말에 대하여 아무 대답도 하지 않고 백호만 바라보고 있었다. 백호는 다시 말을 이었다.

"선생님이 불우하여 오늘날 우리의 두목이 되시었지만 실상은 명문의 소생으로 사리에 밝으신 어른이시다. 그래서 돌아가시진 않았을 것으로 생각되지만 걱정된다."

이때 적도의 한 사람인 무쇠가 백호의 말을 듣고,

"정말 걱정되오. 우리가 선생님 휘하에서 선생님과 사생을 함께 할 것을 맹세한 이상 우리도 선생님의 뒤를 따라 자수하는 것이 옳을 것 같소. 선생님이 정말 돌아가셨다면 이와 같이 하는 것만이 선생님의 원혼을 위로하는 일이 되겠고, 또한 우리가 선생님께 맹세한 바를 지키는 길이 될 것으로 생각하오."

하고 자기의 의견을 말하였다. 무쇠가 이와 같이 말하자, 대장 백호는 다시 말을 이어,

"무쇠의 말이 지당한 말이다. 그러면 이제부터는 우리가 자수할 방법을 연구해야 하겠는데 그대들의 생각은 어떠한가?"

하고 물었다. 이때 무쇠는 이 사람 저 사람을 쳐다보고 있다가 정중한 어조로 대답했다.

"우리가 자수를 한다면 전원이 함께 자수하는 것이 좋을 것 같소. 그리하여야만 죽어도 같이 죽게 되겠고, 살아도 같이 살게 될 것이 아니겠소."

그리하여 적도들은 무쇠의 말대로 전원이 함께 자수하기로 결의했다.

바로 그때, 갈처사의 대담성과 당당한 태도는 당시에 딱딱하기로 유명하던 영장 이관상을 감동시켜 갈처사의 부하들이 자수하면 그들을 법으로 다스리지 않고 양민으로 취급할 것과 또 그들의 소원에 따라 선처할 것을 갈처사에게 확언하였기 때문에, 갈처사는 개선장군처럼 호기 있게 부하들이 있는 소굴로 돌아왔다.

갈처사가 무사히 돌아오는 것을 본 부하들은 이구동성으로 환호하였다.

"선생임이 돌아오신다! 선생님이 돌아오신다!"

갈처사는 얼굴에 웃음을 띠면서 희망에 찬 목소리로,

"이젠 다들 살았다! 이젠 다들 살았어!"

하고 부하들 속으로 들어가 자리 잡았다.

자리를 잡은 그는 부하 전원을 모아 놓고 자기가 자수하여 문초를 받은 일이며, 공술의 결과 부하 전원이 자수만 하면 어느 누구든 막론하고 양민으로 취급하고 법으로는 처단하지 않겠다는 영장의 말을 알려 주었다. 그리고 갈처사는 말을 이어 자기가 돌아오게 된 경위를 말하였다.

"내가 오게 된 것은 너희들을 데리고 영장에게로 가기 위해서다. 나는 이미 자수하였으므로 자수할 필요가 없지만 너희들은 새로이 자수하여야 한다. 너희들을 전주로 데리고 갈 기한이 며칠 남아 있지 않다."

갈처사의 말이 끝나자, 대장 백호는 모든 적도를 대표하여,

"선생님! 감사합니다. 저희들은 금후 산산이 분산되어 옥중의 원혼이 되고 말 것으로 믿고 있었는데 이젠 선생님 덕택으로 재생의 기쁨을 얻게 되었습니다. 고맙기 한이 없습니다. 저희들은 하루바삐 출발 준비를 하겠습니다."

하고 감격의 눈물을 흘리면서 대답했다.

열세 번째 이야기

매대궐? 개대궐?

신라의 진평왕은 사냥을 좋아해서 매일이다시피 사냥을 즐겼다.

진평왕의 사냥병을 걱정하는 충신 김후직은, 충심으로 끈기 있게 간언했지만, 사냥에 미친 왕은 김후직의 말을 듣지 않았다.

김후직은 왕족의 혈통을 받은 충신으로 지증왕의 증손으로서 이찬 직위의 문관으로 있다가 병부령의 무관으로 중책을 맡고 있었다. 이처럼 그는 문무를 겸비한 당대의 충신이었다.

왕의 사냥열은 마침내 도를 지나쳐 정사에는 마음이 없고 잠을 자면서까지 산과 들에서 꿩과 토끼와 노루를 사냥하는 신나는 잠꼬대를 했다. 비가 오나 눈이 오는 날이 아니고서는 대궐에 붙어있지 않았다.

왕의 사냥병은 우선 매와 사냥개를 사들이는데 국고를 낭비했고 전국에 명해서 유명한 매와 사냥개를 바치게 했다.

징발하는 것이 아니고 적당한 값으로 산다고 했기 때문에 매와 개의 값은 굉장히 올라갔고, 좋은 매와 개는 나라에 천 냥에 팔수도 있었다. 그러나 대개는 왕을 속여서 나쁜 매와 개를 비싸게 파는 폐단이 생겼다.

왕의 비위만 맞추려는 간신들과 사냥 시중으로 총애를 받는 불량배에 가까운 광부렵사(狂夫獵士: 미친 사냥꾼)들은 매장사 개장사 치와 결탁하여 매와 개를 비싸게 소개하고, 부정축재까지 했다.

그러므로 일생을 글공부해서 벼슬하느니보다, 사냥질만 잘하면 왕의 총애도 받고 돈도 벌 수 있는 세상이 되었다.

따라서 전국에 사냥이 유행했는데 이것은 윗물이 맑아야 아랫물이 맑은 것과 같은 이치였다.

대궐 안에는 매와 사냥개의 동물원이 생겨서 수백 마리씩 매를 기르는 매장을 '매대궐'이라 했고 개장을 '개대궐'이라 불렀다.

매대궐쯤은 듣기에 수월하지만 개대궐이라면 왕실 자체를 모욕하는 묘한 명칭이기도 했다. 그러니 김후직이 걱정했듯이 개대궐에서 옳은 정치가 나올 수는 없었다.

수백 마리의 매와 개를 기르기 위해서 하루에도 소를 몇 마리씩 잡아야만 했다. 가난하고 불행한 백성들은 차라리 개팔자를 부러워했다.

"생전의 무슨 죄로 불쌍한 인간으로 태어났을까! 사나운 개로나 태어났다면 개대궐에서 고기만 먹는 늘어진 팔자가 되었을 걸.”

이런 탄식은 왕이 사냥에 정신없음을 비판하고 원망하는 소리였지만 왕은 그 미친 병을 고치려 들지 않았다.

김후직은 왕의 사냥병이 국가재정을 소비하고, 민심을 흐리게 하고, 정사를 망각하는 폐단을 들어서 통렬하고 간절하게 말했다.

“옛날의 임금은 하루도 쉬지 않고 나라와 백성을 위해 정사를 깊이 생각하고 크게 염려하셨습니다. 좌우에 있던 간신의 교언영색을 물리치고, 청렴결백한 선비들의 직간을 받아들여 부지런했으면서도 잘못이 있을까 두려워했습니다. 그런 뒤에야 국가를 보안할 수 있었고, 백성을 편히 살게 할 수 있는 덕망 있는 정사를 펼수 있었습니다. 옛날의 명군들이 그러하였는데 대왕께서는 날마다 광부렵사들과 함께 매나 개를 놓아 꿩과 멧돼지와 토끼를 잡으려고 산과 들을 헤매시기에 바쁘시니, 어느 겨를에 정사를 생각하여 행하실 수 있겠습니까.”

그는 이렇게 아뢰었고 옛날 고전의 교훈까지 인용해서 왕의 반성을 촉구했다.

“노자도 사냥에 팔려 돌아다니면 사람의 마음이 미치게 된다 하였으며, 서전에도 이르기를 안으로 색황을 짓고, 밖으로 망국의 환을 맞게 되나니 마땅히 살피지 않으면 안 된다고 가르쳤습니다. 그러니 대왕께서는 이 옛날 성현의 말씀을 깊이 생각하옵소서.”

그래도 왕은 끝내 김후직의 간절한 직언을 듣지 않았다. 왕의 환심을 사고 그로 인해서 덕을 보는 간사한 무리들은, 왕이 좋아하는 사냥에 따라다니면서, 왕이 사냥을 잘한다고 칭찬하며 한층 더 왕의 사냥열에 부채질을 했다.

어느 때는 사냥이 잘 안되어서 왕이 흥이 나지 않으면, 민가에서 닭을 잡아다가 매가 쪼아 잡게 했다.

"이번 꿩은 털이 좀 다르지 않느냐?"

하고 왕이 물으면 그들은 서슴지 않고,

"꿩의 종류에는 여러 가지가 있습니다. 이건 순한 꿩이라 집에서 기르기도 쉽습니다."

왕이 꿩은 본 적이 있지만 민가에서 기르는 닭은 보지 못했으므로 간신들은 그것을 기화로 왕의 환심을 사기 위해 거짓말을 했다.

"오늘은 산돼지를 한 마리 잡아야 할 텐데……."

그 말을 들은 사냥 시중꾼들은 사냥터 부근의 민가에서 큰 집돼지를 징발하여 숲속에 두었다가, 그것을 몰이꾼이 튀긴 것처럼 연극을 하고, 사냥개와 싸움을 붙여서 잡게 했다.

"오늘 대왕께서 산돼지를 잡으시겠다더니, 말씀대로 잡았습니다. 어쩌면 그렇게 사냥천기까지 잘 보십니까?"

이런 식으로 아첨했다. 집돼지와 산돼지도 분간 못하는 왕은 대렵이나 한 줄 알고 기뻐했다.

김후직은 이런 사실도 알고 있었으나 교양 없는 사냥패들의 그런 기군 기군망상(欺君罔上)의 준말로 임금을 속임 의 죄를 차마 폭로할 수는 없었다.

그런 말을 올리면 자기의 입까지 더러워지고 간접으로라도 왕을 모욕하는 것 같았기 때문이다.

김후직은 남몰래 민폐 입은 집을 찾아가서 닭 값과 돼지 값을 물어주어 왕에 대한 억울한 원한이 없도록 하기 위해 애썼다. 그리고 사냥을 그만두도록 성의껏 권했다. 사냥만 삼가면 모든 폐단이 없어질 것이라는 신념에서였다. 그러나 왕의 사냥병은 고쳐지지 않았다.

김후직은 병을 앓다가 3명의 효자가 극진히 구완하는 약석의 효과도 없이 임종을 맞게 되었다. 그는 아들 삼형제를 머리맡에 불러 앉히고 유언했다.

"너희들은 내가 죽은 뒤에도 서로 우애 좋게 지내고 불행한 사람들은 도와서 신의를 두텁게 하라. 그리고 특히 임금님과 나라를 위해서는 목숨을 아끼지 말고 충성을 바쳐서 아비가 다하지 못하고 죽은 것을 보충해라. 내가 신하가 되어서 대왕의 나쁜 점을 바로잡지 못한 허물 중에서 사냥에 대한 문제만은 죽어서도 걱정이 될 것 같다. 앞으로도 그 사냥 놀음 때문에 피해가 누적되어 마침내 나라가 망할까 두렵다. 너희들도 내가 지금까지 그 점으로 대왕께 여러 번 간고한 고충을 알고 있을 것이다. 그래서……."

이때 김후직의 생명이 끊어지려고 호흡이 막히며 목에는 가래가 약하게 끓고 있었다. 그러나 아직 남은 한 마디만은 기어코 남기려고 턱을 덜덜 떨었다. 이윽고 모기 소리로 말했다.

"내가 죽더라도……그 점만은……임금님께……깨닫도록 할 테

니……내 죽은 몸을……임금님이 사냥 다니시는 길목에……묻어
라…….”

유언이 끝나자, 김후직은 숨을 거두고 말았다.

삼형제는 부친의 충성에 감격해서 유언대로 장례를 지냈다. 사냥
을 못하도록 귀찮게 굴던 김후직이 죽은 뒤로는 그 어느 신하도 그
런 간언을 하지 않았다.

“김후직이 죽은 것은 아깝지만, 사냥을 못하게 하는 사람이 없어
진 건 앓던 이가 빠진 듯이 시원하다.”

그 후 왕의 사냥열은 더욱 심해졌다. 그러나 김후직의 죽음으로
직접 억울한 피해를 입은 것은, 사냥터 부근의 백성들이었다. 왕에
게 아첨하려고 꿩 대신 닭을, 산돼지 대신 집돼지를 잡아가도 다시
와서 그 값을 치러주던 김후직 같은 인물이 없었기 때문이었다. 그
래서 왕의 사냥터 근처에는 아예 닭과 돼지를 치지 않게 되었다. 그
러나 그 대신 같은 피해를 먼 농촌에서 입었다.

하루는 청명한 날씨에 사냥을 나갔는데, 어떤 산길을 지날 때 갑
자기 하늘이 흐려지더니, 궂은비가 부슬부슬 내렸다. 그래도 왕은
사냥꾼들을 독려했다.

“이만한 비에 사냥을 그만둘 수는 없다. 비가 억수같이 퍼부어도
꿩 몇 마리는 잡아야 한다.”

왕은 그만큼 사냥에 미쳐 있었다. 그런데 이때 어디서 마치 능구
렁이 울듯이 땅을 울리는 이상한 소리가 들려왔다.

"이게 무슨 소리냐?"

왕이 물으면서 귀를 기울였다.

"대왕님, 저는 이곳 땅 속에 묻혀서도 나라를 근심하고 있습니다. 제가 생전에 그처럼 사냥을 마십사 하고 간고하였으나, 저의 정성이 부족해서 대왕님의 마음을 움직이지 못했습니다. 지금 대왕의 사냥으로 말미암아 생긴 여러 가지 폐단으로 나라에는 위태로운 징조가 많이 나타나고 있습니다. 만일 대왕께서 사냥으로 나라를 멸망시키면 저의 영혼은 지하에서도 눈을 감을 수 없습니다."

왕은 땅에서 울려 나오는, 생시와 똑같은 김후직의 음성에 등골이 서늘해졌다.

"너희들도 지금 죽은 김후직의 음성을 들었느냐?"

일종의 공포까지 느낀 왕은 종자들에게 물었다. 왕보다도 더 겁이 났던 종자들은 사실대로 고했다.

"네, 분명히 들었습니다."

"그럼 이 근처에 정녕 김후직의 무덤이 있단 말이냐?"

"네, 저기 보이는 묘입니다."

"흠."

왕은 비로소 사냥병의 꿈에서 깨기 시작했다.

"김후직이 죽을 때, 저 장소에 매장해 달라는 유언이 있었다더냐?"

"네, 그런 사실이 있어서 이곳에 묻었다 합니다."

종자들은 김후직의 유언을 왕에게 알렸다.

사실 그들은 그것 때문에 지금까지 이 근처를 사냥길로 잡는 것을 피해 왔지만, 오늘따라 왕이 이리로 가보자고 우겨서 하는 수 없이 이곳을 지나게 되었던 것이다.

왕은 비로소 김후직의 지극한 우국충정을 뼈저리게 느끼고 자기의 잘못을 깨달았다. 왕은 보슬비를 맞으면서 김후직의 무덤 앞으로 걸어갔다. 무덤 앞에 선 왕은 친히 허리를 굽혀서 두 번 읍하고 자기 잘못을 사과했다.

"지하에서까지 짐을 생각하고 나라를 근심해 주는 경의 충성이 고맙소. 내가 경의 생전에 말을 듣지 않았던 불찰을 용서하오. 오늘부터 다시는 사냥을 않고 그 시간과 힘을 정사에 쓰겠으니, 안심하고 편히 잠들구려."

신하의 무덤에 맹세하고 또 두 번 읍한 뒤에, 등에 메고 있던 사냥활을 꺾어 버렸다. 그러자 지금까지 비가 오던 하늘에서는 갑자기 구름이 싹 개이며 밝은 햇빛이 비춰 내리고, 그와 동시에 묘 주위의 잔디밭에 섞여 있던 잡초의 꽃들이 일시에 확 펴올랐다. 이런 기적에 탄복한 왕은 후회의 눈물로 젖었던 눈을 비로소 닦으면서,

"경이 나를 용서해주니 고맙소."

하고는 그 무덤을 오랫동안 떠나지 못했다.

열네 번째 이야기

죽을 고비를 슬기로 이겨낸 머슴

조선 이태조가 등극하신 지 불과 몇 해 지나지 않아서였다. 평안도 초산 고을에 정대헌이라는 토반 土班_여러 대를 이어 그 지방의 붙박이로 사는 양반 이 살고 있었는데 조상으로부터 물려받은 토지가 많고 더욱이 글줄이나 읽은 터여서 이웃 사람들이 그를 가리켜 정대감이라고 부르고 있었다.

이 정대감에게는 양극대라는 젊은 머슴이 있었는데 근본이 없는 상사람의 집에서 태어나 무식하기는 하였으나 무척 영리한 위인이었다.

정대감은 먹고 살 것이 충분하고 몸이 편하고 보니 자연 생각나는 것이 부질없는 것들뿐이라, 이 고을에 얼굴이 반반한 여자라면 논마지기나 얼마간 떼어주고는 사오다시피 하여 데려다 소실을 만든 여자가 자그마치 열 명이나 되었건만—예나 지금이나 욕심은 한이 없는 모양이어서 하필 자기 집 머슴 양서방의 처 옥분을 빼앗아 볼 욕심을 품게 된 것이 결과적으로 해괴망측한 꼴을 당하게 되었다.

옥분은 얼굴이 유달리 아름다웠던 것은 물론이려니와, 몸맵시 또한 여자다워서 정대감은 아침저녁으로 눈에 띌 때마다 끓어오르는 욕정을 참을 길이 없어 주야로 생각하는 것이 옥분을 손아귀에 넣을 궁리뿐이었다.

함박눈이 내리고 이따금 바람마저 모질게 휘몰아치는 어느 겨울날 새벽 정대감은 자리에서 일어나기가 무섭게 머슴 양서방을 불러들였다.

"다름이 아니라, 내 나이 이미 육순에 몸이 점점 허약해지는 것 같아서 보약을 달여 먹어야 하겠으니 자네는 오늘 깊은 산중에 들어가서 산딸기 서 말을 따와야 하겠네."

"네."

머슴 양서방의 공손한 대답이다.

"다행히 자네가 산딸기 서 말을 따오면 그 수고 값으로 돈 스무 냥을 자네에게 틀림없이 주려니와 만약 따오지 못하면 그 벌로 자네 것을 무엇이든 나에게 넘겨줘야 하네."

"네."

"그래, 만약에 말일세. 산딸기를 따오지 못하면 자네 처라도 내가 원하면 내놔야 하네."

엉큼한 정대감이 다짐을 주는 말이다.

"네, 분부대로 하오리다."

무슨 생각이 들었는지 양서방은 성큼 이렇게 대답하는 것이었다. 정대감은 매우 기뻤다. 자기의 꾀에 양서방이 넘어가는 것이 고소하고 고분고분 들어주는 것이 여간 마음에 흡족하지가 않았다.

"미리 돈을 주지."

생색도 내고 약속을 어김없이 서로 지키자는 뜻에서 돈 스무 냥을 선뜻 내놓았다. 양서방은 별로 근심하는 빛도 없이 돈을 받아 가지고 나오다가 자기 처 옥분에게 귓속말로 몇 마디 일러주고는 험한 눈길을 떠났다.

하루가 지나자 산으로 딸기를 따러 갔던 양서방이 이른 새벽 느닷없이 돌아왔다.

"대감님, 지금 돌아왔사옵니다."

"그래, 산딸기는 따왔느냐?"

"사실은 산딸기를 따려고 깊은 산중을 헤매던 중에 한 곳에서 많은 산딸기가 탐스럽게 익어가는 것을 보기는 하였사오나 난데없이 뱀이 나타나 하마터면 물려 죽을 뻔 했사옵니다."

"뭣이, 이놈아! 동지섣달에 뱀이 나타나다니 무슨 소리냐?"

정대감은 버럭 소리를 질렀다.

"하오면 동지섣달에 산딸기는 어인 분부이시옵니까?"

"앗차!"

정대감이 무릎을 치며 신음을 했다. 해서는 안 될 말을 자기가 먼저 끄집어낸 것이 큰 잘못이었다. 또 사실 그러하니 별 수 없는 노릇이었다.

다만 오랫동안 애를 써가며 짜낸 자기 꾀가 허사로 돌아간 것이 무엇보다도 분하였다. 더구나 미리 준 돈 스무 냥이 살을 베어준 듯 아까운 생각이 들었다. 그러나 우겨댈 아무런 트집이 없었다.

입을 도사려 문 정대감은 다른 꾀를 짜내기 위해서 오목 들어간 두 눈을 다시 반짝였다.

겨울이 지나고 따스한 봄이 돌아왔다.

정대감의 맏아들 현상이 과거를 보러 한양으로 떠나게 되었다. 나귀에다 돈과 책을 듬뿍 싣고 양서방이 현상을 모시고 한양에 다녀오게 되었는데 아들 현상이 막 떠나려 할 때에 정대감은 아들을 조용히 불러 이렇게 속삭였다.

"양서방은 아무리 고쳐 생각해보아도 내 비위에 거슬려 같이 살수가 없으니 네가 양서방을 데리고 한양으로 올라가다가 큰물에 빠뜨려 없애버려라. 그래야만 내가 맘을 놓고 살겠다."

"아버님 말씀대로 하겠습니다."

이렇게 부자지간에 엉큼한 언약이 이루어졌다. 이것을 꿈에도 짐작할 까닭이 없는 양서방은 오랫동안 마누라와 헤어지는 것이 다소 섭섭하기는 했지만 화려하고 찬란한 한양 구경을 하게 된 것이 어찌나 좋았던지, 처 옥분이 훌쩍훌쩍 우는 것도 뒤돌아보지 않은 채 총총히 현상을 따라 길을 나섰다.

한양 길은 과연 멀었다.

며칠을 두고 끝없이 남쪽으로 뻗은 길을 타박타박 걷고 있는 동안 정대감의 아들 현상의 머리에는 과거를 보는 것보다 우선 아버지의 분부대로 양서방을 처치하는 문제가 매우 큰 걱정거리여서 종일 입을 굳게 다물고 말이 없었다. 그러나 양서방은 눈에 보인 산천 정경이 하나하나 아름답지 않은 것이 없어서 마음속이 상쾌한 김에 종일 흥타령이 입에서 떠나지 않았다.

이윽고 안주 청천강 변에 이르렀다.

강을 건너 안주 고을에 들어가서 주막을 정하더라도 해가 서산을 넘지 않을 것을, 정대감의 아들 현상은 무슨 생각에서인지 풍치가 좋다는 핑계로 굳이 강가에서 하룻밤을 자고 가자고 우겨댔다.

아직 봄이라고는 하나, 야밤에는 몸에 스며드는 찬바람을 참기 어려운 때였으나 주인의 아들이 고집하는 데는 영리한 양서방도 어찌할 도리가 없었다.

저녁 요기도 하지 못하여 시장하기가 한이 없었으나 푸른 물이 세차게 흐르는 언덕에서 하늘에 총총히 뜬 별들을 바라보며 하룻밤을 지내는 것도 뜻 깊은 일일 것 같아 양서방은 별로 불평하지 않았다.

그러나 현상의 태도가 심상치 않았다.

나귀는 언덕 위 버드나무에 매어 놓고 책과 돈을 언덕 위에다 쌓아놓게 한 후 자기는 책과 돈이 있는 쪽에 머리를 두고 발을 물 흐르는 쪽으로 향하여 누운 뒤에 일렀다.

"너는 내 발 밑에 누워서 자거라. 아예 다른 곳으로 갈 생각은 하지마라."

물 흐르는 방향과 같이 가로누워 자라는 것이었다. 양서방이 가만히 생각해 보니 이것이 무슨 깊은 곡절이 있는 듯해서 못 이기는 체하며 현상의 발밑에 바싹 눕기는 하였으나 잠들지는 않았다.

얼마가 지난 후에 양서방은 가만히 일어나서 현상의 머리 위에 쌓여 있는 책과 돈 꾸러미를 자기가 누워 자던 현상의 발밑에 바싹 가깝게 놓고, 자기는 현상의 머리맡에 올라가서 자는 척하고 누워 있었다.

얼마쯤 지났을 때였다. 아니나 다를까 코를 골며 자던 현상은,

"음—"

큰 기지개를 켜는 척하면서 자기 발밑에 있는 것을 힘껏 걸어찼다.

"첨벙—"

묵직한 것이 물속으로 떨어지는 소리였다. 다시 조용해지기는 했으나 별이 굽어보고 까르르 웃는 듯했다.

다음날 아침이 되었다.

"엇—"

부스스 눈을 뜨고 일어난 현상은 한참동안 입만 벌린 채로 말을 못했다. 의당 있어야 할 책과 돈이 없어지고 의당 죽어 없어져야 할

양서방이 머리맡에서 코를 골며 태연히 자고 있지 않은가?

"여보게 양서방, 일어나게. 이게 대체 어찌된 일인가, 응?"

"무슨 말씀입니까?"

잠꼬대 같은 양서방의 퉁명스러운 대답이었다.

"돈과 책 말일세, 그것은 온데간데없단 말일세."

그제야 자리에서 일어난 양서방은 짐짓 사방을 두리번거렸다.

"간밤에 아무리 생각해 보아도 귀중한 책과 돈을 언덕 위에 놓아 두면 도둑을 맞을 염려가 있기에 도련님 발밑에 갖다 놓았던 것인데, 아마도 도련님이 잠결에 그만 물속에 차 넣은 것이 분명합니다."

현상은 진정 통분할 일이었다. '책이 없으면 과거를 보기 전에 무엇으로 공부하며, 돈이 없으니 아직 수 백리 한양 길을 어이 간단 말인가.' 땅을 치고 울고 싶은 심정이었다.

그렇다고 양서방을 나무랄 수도 없어서 현상은 나귀를 타고 안주 읍내로 힘없이 들어갔다. 간밤에 요기를 못하였으니, 사람이나 짐승이나 허기를 참기 어려웠다. 현상이 가만히 생각해 보니 주머니에 든 돈이 몇 푼 안 되므로 양서방과 함께 아침 요기를 할 수 없을 뿐만 아니라 귀중한 책과 돈을 잃게 한 양서방을 죽이고 싶도록 미운 터에 밥을 사 먹이기는 더욱 싫었다.

생각다 못해 주막집이 건너다보이는 골목에서 현상은 나귀를 멈췄다.

"여보게 양서방, 내가 지금 읍내에 살고 있는 친구를 잠시 만나고 올 터이니 자네는 이곳에서 나귀 고삐를 꼭 붙들고 기다리되 두 눈을 꼭 감고 있게."

눈을 감고 있으라는 것은 선비 된 처지에 혼자만 밥을 사먹는 것이 겸연쩍어서 그렇게 시킨 것이다.

"네."

양서방은 나귀 고삐를 한 손에 꼭 붙들고 눈을 감았다. 현상은 안심이 된다는 듯이 주막집을 향해 걸어갔다. 그 속셈을 눈치 챈 양서방이 살그머니 눈을 떠보니, 과연 도련님이 혼자 주막집으로 가는 것이 아닌가.

'그렇다면 나도 생각이 있다.'

고삐를 붙들고 사방을 휘돌아보고 있노라니까. 마침 점잖은 노인이 한 분 지나가는 것이었다.

"여보슈, 노인장."

"왜 그러슈?"

노인은 매우 의아한 눈치로 양서방 앞에서 발을 멈추었다.

"저는 평안도 사람으로 한양에 가는 도중에 그만 노자가 떨어져 할 수 없이 이 나귀를 파는 것이니 아주 싼 값으로 사가시오."

"얼마에 팔겠소?"

"열 냥만 주시오."

사실 싼 값이었다. 아무리 헐값에 팔아도 스무 냥짜리는 족히 되는 짐승이었따. 노인은 두말없이 돈 열 냥을 선뜻 양서방의 손에 쥐어주었다.

"그런데 노인장. 이 나귀 고삐를 한 뼘만큼만 잘라 주시오."

"그건 무엇에 쓰시려우?"

"팔기가 아까워 그럽니다."

과연 애석해하는 것 같았다. 더구나 고삐쯤이야 짧으면 새것으로 매면 될 것이라고 생각한 노인은 허리춤에서 단도를 꺼내어 나귀 고삐를 한 뼘만큼만 잘라서 양서방에게 주고는 나귀를 끌고 바삐 가버렸다.

양서방이 돈 열 냥을 허리춤에 간직하고는 한 뼘 되는 나귀 고삐를 손에 쥐고 눈을 감고 서 있노라니까 현상이 홍조가 된 얼굴로 주막집을 나와 이쪽을 향해 걸어오는 것이었다.

"아니, 여보게. 나귀?"

"여기 있습니다."

양서방은 눈을 감은 채 고삐 쥔 손을 내밀었다.

"아니, 나귀가 없단 말이야."

"여기 있지 않습니까?"

여전히 고삐만을 쥔 손을 현상의 코밑까지 내미는 것이었다.

"눈을 뜨고 똑똑히 봐!"

현상은 왈칵 소리를 질렀다.

그제야 눈을 뜬 양서방은 짐짓 놀라는 듯이 눈을 동그랗게 떴다.

"제기랄, 어떤 못된 놈이 고삐만 자르고 나귀를 훔쳐 갔군요. 도련님이 공연히 눈을 감고 있으라고 해서 이 꼴을 당했습니다. 내참……."

양서방이 제법 투덜댔다.

현상이 가만히 생각해 보니 정말 기가 막히는 일이었다. 분한 일이 한 두 가지가 아니건만 당장 죽여 버릴 수도 없고, 그렇다고 한양까지 이대로 동행할 수도 없었다. 만약 같이 가다가는 이보다 더 큰 화를 당할지도 모를 일이었다.

생각다 못해 양서방을 그냥 집으로 되돌려 보내기로 했다.

"네 이놈, 당장 물고를 내버릴 것이로되 초로 같은 인생을 가엾이 여겨 이대로 돌려보내는 것이니 너는 이 길로 곧장 집으로 내려가거라."

"그러나 도련님 혼자서 어떻게 한양으로 가시렵니까?"

"내 걱정은 말아라."

현상은 양서방을 먼저 돌려보내게 된 사연을 자세히 적어 부친께 전하려고 지필을 꺼내 쓰려다가 문득 생각하니 양서방이 이것을 갖고 내려가다가 무슨 조작을 할지 알 수 없으므로 잠시 생각한 끝에 이렇게 말했다.

"네 이놈, 저고리를 벗고 뒤로 돌아서거라."

양서방이 장난을 치지 못하도록 손이 미치지 않는 잔등에 쓰기 위해서였다.

"네."

양서방은 저고리를 벗고 돌아섰다. 현상은 붓에 먹을 듬뿍 찍어 양서방의 등에 다음과 같이 썼다.

"전략※略 말의 앞부분을 줄임. 이놈으로 인해서 잃지 않을 책과 돈을 잃고, 잃지 않을 나귀마저 잃었사오니 집에 돌아가거든 즉시로 하인을 시켜 죽여 없애도록 하옵소서. 현상 올림."

쓰기를 마친 현상은 다시 양서방에게 엄히 일렀다.

"집에 돌아가거든 곧 대감을 뵈옵고 네 등에 쓴 글을 보여드려라. 알겠느냐?"

"예, 염려 마십시오."

이리하여 현상은 한양 길로 떠나고 양서방은 집을 향하여 떠났다.

양서방은 한양 구경을 못하게 된 것이 여간 원통한 일이 아니었으나 별도리 없는 일이었다. 그래도 올라올 때보다는 가벼운 걸음으로 내려가는 동안에 왠지 등에 써준 글이 궁금하기 짝이 없었다. 아무리 생각해도 자기를 칭찬한 글이 아님은 뻔 한 일이었다.

사방을 두리번거리면서 행인 중에 선비나 글을 알만한 양반을 찾던 양서방은 저녁 무렵이 되어서야 자기 쪽으로 향해 오는 스님 한 분을 만나게 되었다. 양서방은 다짜고짜 대사 앞으로 다가가서 두 손을 모아 절을 넙죽하며 말했다.

"대사님, 청이 하나 있습니다."

"무슨 청인지 말씀하시오."

대사는 공손히 대해 주었다.

"이것 좀 봐 주십시오."

윗저고리를 벗고 등을 보였다.

"댁을 없애라는 말이외다."

"그러면 돈 닷 냥을 부처님께 공양할 것이니 이 글을 지우시고 대신 소인이 불러드리는 대로 고쳐 써 주십시오. 대사님."

"그리 하옵지요."

스님이 먹과 붓을 준비했다.

"전략. 양서방으로 인해서 잃을 책과 돈을 얻었으며, 의당 잃을 나귀를 얻었으니 집에 돌아가는 즉시 기와집 한 채와 논밭을 주어 잘살게 하여 주옵소서. 현상 올림. 이렇게 써 주십시오."

"그렇게 쓰겠습니다."

잠시 동안 빙글거리면서 등을 돌려댔던 양서방은 글씨 쓰기를 마치자 공양을 드리면서 몇 번이고 치사를 했다. 스님과 헤어진 후부터 양서방은 뛰다시피 하여 길을 재촉했다.

10여일 후, 집으로 돌아온 양서방은 곧장 안으로 들어가서 대감을 뵈었다.

"대감님, 지금 돌아왔사옵니다."

"너 먼저 웬 일이냐?"

"이걸 보시면 아실 일이옵니다."

다짜고짜 저고리를 벗고 등을 대감 앞에 불쑥 내밀었다.

"뭣이? 책과 돈을 얻고 나귀를 얻었으니 집과 논밭을 주라고!"

청천벽력 같은 이야기였다. 의당 죽었으리라고 믿고 일간 옥분을 소실로 맞아들이려던 터였다.

어찌된 일이냐고 묻고 싶었으나 꾹 참았다. 물어 본들 보태면 보태었지 그 진상을 알기 어려움을 알기 때문이다. 그러나 아들의 말대로 큰 공을 세웠다는 데야 별 수 없었다. 이날로 정대감은 양서방에게 큰 기와집 한 채와 먹고 남을 만한 논밭을 주었다.

그 해 여름 한양 갔던 현상이 과거에 낙방하고 돌아와 보니 집 옆의 큰 기와집에 양서방이 살고 있는데 사연을 알아보았더니 뜻밖에도 기가 막혔다. 더는 참을 수가 없었다.

곧 부친께 여쭙고 힘깨나 쓰는 하인들을 시켜 양서방을 잡아다가 오랏줄로 꽁꽁 묶은 뒤에 세 겹으로 된 무명 자루에 집어넣고 주둥이를 꽉 막아 안에서 움직이지 못하게 했다.

"어서 이것을 앞산 밑에 있는 큰 연못에 집어넣어라."

현상의 분노는 상투 끝까지 올랐다.

"네."

하인들은 양서방을 넣은 자루를 메고 앞산 밑 연못가로 갔다. 양서방은 이제 별도리 없이 죽음을 기다릴 수밖에 없었다. 아내의 얼굴을 한 번 더 보고 싶었으나 어림없는 일이었다.

그러나 연못가에 이른 하인들은 자루를 내려놓고 난처한 얼굴로 서로 말을 주고받았다.

"여보게, 사실 말이지 양서방이야 무슨 죄가 있나. 이것은 다 대감의 부질없는 생각에서 생사람을 죽이는 거지 뭔가? 대감댁 도련님이 시키는 일이니 거역할 수가 없어 여기까지 메고는 왔네만 차마 물속에 던질 수야 없는 것 아니겠나? 그러니, 우리 저 버드나무 가지에 이 자루를 매달아 놓고 돌아가세."

"자네 말이 옳으이. 그렇게 하세."

천만다행한 일이었다. 하인들은 연못가 버드나무 가지에 자루를 매달고는 그대로 돌아가 버렸다.

그렇지만 양서방이 살아나갈 길은 아직 막연했다. 자꾸만 마누라가 보고 싶었다. 감은 눈에서는 뜨거운 눈물이 두 볼을 적시고도 계속 흘러 내렸다.

어떻게 해서든지 살아나야만 했다. 이리저리 골몰히 생각하고 있을 때, 마침 사람 하나가 버드나무 밑으로 지나가는데, 지팡이 소리가 나고 발자국 소리가 고르지 못한 것이 필시 장님임에 틀림없었다.

바로 이때, 영리한 양서방의 머리에 묘안이 떠오른 것이다.

"네 눈 깜깜, 내 눈 번뜩."

"네 눈 깜깜, 내 눈 번뜩."

마치 염불을 외듯 크게 외우기 시작했다.

지나가던 장님이 발걸음을 멈추고 가만히 생각하니 정말 이상한 일이었다.

'네 눈 깜깜이고 내 눈 번뜩이라. 이게 무슨 소린지 궁금하니 한 번 물어보리라.'

이렇게 마음을 정한 장님은,

"여보시오."

크게 소리쳤다.

양서방은 사뭇 귀찮다는 듯이 대답했다.

"왜 그러시오?"

"그 곳에서 무엇을 하고 계시오?"

"눈뜨고 있소."

"댁도 장님이오?"

"그렇소."

"나도 눈 좀 뜨게 해주시오."

"안되오. 초가삼간을 다 팔아서 이것을 사가지고 이 속에 들어앉아 이 주문을 외우는 것이 벌써 아흐레째가 되어, 이제는 눈이 거의 다 떠서 앞을 환히 보게 된 터에 댁이 누구시라고 눈을 뜨게 해드리겠소? 원 미친놈 다 봤군. 네 눈 깜깜, 내 눈 번뜩."

더욱 신바람이 나서 더 큰 목소리로 주문을 외웠다.

한편 장님은 애가 달아올랐다. 과연 양서방이 생각했던 대로 천재일우의 기회를 놓치지 않으려고 버드나무 밑을 이리저리 헤매었다.

"여보슈, 보아하니 젊은 친구 같은데 당신의 눈이 다 뜨거든 그 보물을 나에게 팔 수 없소? 쉰 냥을 드리리다."

장님이 간청을 했다.

"정 그러시다면 할 수 없이 들어드릴 수밖에 없군요. 사실은 나도 눈을 뜨면 이것은 소용없게 되니 이왕이면 당신 같은 사람에게 드리겠소."

못 이기는 척하면서 양서방이 승낙했다.

"고맙소이다. 은혜는 잊지 않으리다."

한사코 치사하는 장님의 도움을 받아 자루에서 무사히 나오게 된 양서방은 매우 측은한 생각이 들기는 했지만 모처럼 광명을 갈구하는 장님의 희망을 묵살해 버리기가 안쓰러워서 우선 장님을 자루에 넣고 버드나무 가지에 매달아 놓았다.

"여보, 장님. 쉰 냥은 이 다음에 주시오."

"고맙소이다."

다시없는 적선을 베푸는 것같이 한마디 내뱉고는 곧장 이웃 고을 주막으로 향하였다. 그로부터 며칠 후 죽은 줄로만 알았던 양서방이 불쑥 정대감 앞에 나타났다.

"대감마님의 높으신 은혜는 소인 백골난망이옵니다. 대감님께서 염려하신 덕분으로 용궁에서 극진한 대접을 받고 돌아왔습니다."

넙죽이 절을 세 번 했다.

"아니 그것이 사실이란 말이냐?"

"소인이 거짓 아뢸 까닭이 있사오리까. 모두 사실이옵니다."

"그러면 어째서 벌써 돌아왔느냐?"

정대감이 무릎걸음으로 바싹 양서방 앞에 다가앉았다.

"다름이 아니오라, 소인은 오랫동안 대감마님의 높으신 은혜를 입고도 은혜를 갚을 길이 막연하여 항상 송구스럽기 짝이 없었사온데, 이번에 용궁에서 꽃같이 아름다운 궁녀들로부터 밤낮 순서에 따라 극진한 대접을 받고 보니, 대감마님과 도련님 생각이 더욱 간절하여 용왕님의 윤허를 얻어 이같이 모시러 온 것입니다."

"그래, 기특하고 착하기도 하지. 그러면 언제 용궁으로 찾아가는 것이 좋을까? 응. 양서방."

"내일 묘시에 가기로 용왕님과 언약이 되었사오니 이때를 놓치지 마옵소서."

"그래라."

벌어진 정대감의 입속에 침이 고였다.

"그리고 대감마님, 다시없는 기회이오니 온 가족을 모두 데리고 떠나심이 어떠하오리까?"

"그것 참 더욱 좋지."

"그리고 또 한 가지."

"뭐냐?"

"용궁에는 이 세상에 있는 것은 무엇이든 있사온데, 다만 한 가지 맷돌이 없어 잔치를 차릴 적마다 퍽 불편을 느끼는가 보옵니다. 그러하오니 맷돌을 많이 마련하시어 식구 하나가 한 짝씩 지고 가시면 좋을 듯 하옵니다."

"그것은 어렵지 않지. 하기야 빈손으로 찾아갈 수 있겠나?"

정대감은 모든 하인을 시켜 이날 안으로 어른, 아이들을 막론하고 한 짝씩 지고 갈 수 있도록 크고 작은 맷돌을 마련하게 하였다.

이튿날 아침, 정대감 댁의 식솔과 양서방 내외는 모조리 무거운 맷돌을 한 짝씩을 지고 시간에 늦지 않도록 열을 지어 앞산 밑 연못 가에 이르렀다.

"도련님께서 먼저 들어가십시오."

"그러면 내 먼저 갈 테니 뒤에서 아버님을 모시고 오게."

첨벙, 현상이 물속으로 뛰어들었다. 등에 돌로 만든 무거운 맷돌을 지었으니, 물속에 뛰어들기가 무섭게 자취를 감춰버리는 것이었다.

"저것 보십시오. 하도 좋으시니까 도련님께서 뛰어가시지 않습니까."

"그런가 보구나."

정대감이 앞에 나섰다.

"어서 들어가십시오."

"응, 곧 뒤따라오게."

정대감이 맷돌을 진 채 물속에 뛰어들었다. 다음은 며느리, 손자, 손녀 할 것 없이 모조리 물속에 뛰어들었다. 모두 물귀신이 된 것은 다시 말할 필요도 없는 일이다.

끝으로 양서방의 처 옥분의 차례다.

"여보, 정신이 있소?"

양서방이 짊어진 맷돌을 버리면서 처 옥분을 붙잡았다.

"어서 집으로 돌아갑시다."

처 옥분과 같이 돌아오는 길에 양서방은 아직도 버드나무 가지에 매달려 있는 가엾은 장님을 구해내어 후히 사례한 후 돌려보냈다. 그리고 집에 돌아오는 즉시 숱한 정대감의 소실들에게 각기 전답을 얼마씩 떼어 주어 제집으로 돌려보냈다.

"이제 마음 놓고 살아 보세."

양서방은 생긋 눈웃음치는 처 옥분을 두 팔로 힘껏 끌어안았다.

열다섯 번째 이야기
포도아 물건 바께쓰와 지혜로운 만수

조선 중엽 때부터 포도아葡萄牙_포르투갈 사람들이 큰 범선을 타고 사해를 건너 우리나라를 여러 번 찾아와서 통상하기를 바랐으나 당시 조정에서는 쇄국, 개국의 두 파로 나눠져서 서로 싸우다가 결국 쇄국파가 이겨 포도아 사람들과의 통상을 거절해 버렸다.

그러나 이 사람들은 통상의 뜻을 굽히지 않고 서해안의 조그마한 어촌만을 찾아다니면서 여러 가지 비단이며 화약, 잡화 등을 주고 우리나라의 귀한 금은과 바꿔 갔다.

이 포도아 사람들의 배가 관가의 눈을 피해 어촌을 찾아 들어오면 온 동네 사람들이 괴상하게 생긴 배와 서양 사람들을 구경하기 위해서 모여들었다.

"자, 모두 와서 구경하시오."

상술이 능란한 그들은 큰소리로 외쳐가며 여러 가지 신기한 물건들을 늘어놓고 허풍을 떠는 것이었다.

"와! 저것들 좀 봐요."

눈이 휘둥그레진 어촌 사람들은 이것저것 닥치는 대로 만져보다가 그중 몇 가지를 그들이 달라는 대로 값을 주고 바꿔 가졌다.

"저건 무엇에 쓰이는 것일까?"

어촌사람들의 눈이 곧잘 쏠리는 것이 하나 있었다.

그것은 지금 우리 가정에서 흔히 쓰는 바께쓰였다. 바께쓰란 말은 미국말도 아니요, 일본말도 아니요, 순전히 포도아 말이었다.

"원, 저 바께쓰란 물건은 동이 대신 물 긷는데 쓰는 것이라고 하지만 밑이 약해서 머리에 일수도 없고, 몸이 둥그니 손으로 잡을 곳이 없고, 갓이나 삿갓 대신으로 쓰자니 둘레가 너무 커서 쓸 수도 없으니, 서양 사람들이 다른 것은 다 잘 만들어도 바께쓰라는 것은 암만해도 잘못 만들었어."

어촌 사람들의 여론은 자못 분분했다.

"역시 그릇은 우리나라 것이 제일이야. 저 바께쓰 위에 달린 둥근 줄은 목에다 걸고 다니라는 건가, 어깨에다 메고 다니라는 건가. 참 알 수 없는 일일세."

이토록 반대 여론이 분분하니 비단 같은 건 잘 팔리지만 바께쓰만은 잘 팔리지가 않았다. 그러나 오직 한 노인만은 그렇지가 않았다.

"바께쓰라는 것은 물을 긷는데 쓰는 것이라니까 바가지로 쓰라는 게 틀림없어. 그러니까 양바가지야. 하여간 물에 젖어있거나 마르거나 무게는 매일반으로 가벼우니 하나 사다가 우리 새 며느리나 줘야겠네."

노인은 많은 바께쓰 중에서 제일 마음에 드는 것을 골라 가지고 금은을 얼마간 준 다음 집으로 가져왔다.

얼마 후 이 노인의 집에서는 새 며느리를 맞게 되었는데, 하도 귀여워서 시집 온 첫날 그 신기하게 생긴 바께쓰를 내주었다.

새댁은 처음 보는 물건이라 뭣에 쓰는 것인지도 모르고 시아버지가 주는 것이니 덮어놓고 받아 방 한구석에 놓아두었다.

그날 밤이었다.

야심한 시각인 삼경에 새댁은 하도 오줌이 마려워 자리에서 일어나 앉기는 하였지만 사방이 칠흑같이 캄캄하여 동서를 분간할 수 없고, 더구나 처음 시집온 집이라 뒷간이 어디 붙어 있는지도 알 도리가 없었다.

남편을 깨워서 물어보자니 부끄러운 일이고, 뒤뜰에 나가서 함부로 주저앉았다가 시어머니에게 들키면 더욱 큰일이었다.

친정어머니가 넣어준 요강이 있기는 하지만 이것은 아직 짐 속에 들어있으니 끄집어낼 수도 없고 그렇다고 이대로 참고 견딜 도리는 더욱 없었다.

어쨌거나 이리저리 생각한 끝에 초저녁에 시아버지가 주신 괴상한 그릇이 필시 요강으로 쓰라는 것이 분명하다고 생각한 새댁은 서

승지 않고 손을 내밀어 바께쓰를 잡아당겨서 재빨리 타고 앉았다.

다소 불편하기는 했지만 워낙 오래 참아 오던 터에 남편 앞에서 오줌을 누는 것이 몹시 부끄러운 일이기도 해서 빨리 눠버릴 생각으로 아랫배에 힘껏 힘을 주었다. 순간, 흘러내리는 물줄기는 폭포수처럼 몹시 거세게 쏟아져 내렸다.

"좌르릉 왕창 쏴— 쏴—"

요란스러운 소리가 조용한 밤공기를 진동시키고도 남았다.

안방에 누워 있던 시아버지는 첫 며느리를 맞게 된 것이 어찌나 기뻤던지 한잠도 이루지 못하고 손자 볼 궁리만 하고 있다가 아닌 밤중에 울려오는 요란한 소리에 기겁을 하고 벌떡 자리에서 일어나 앉았다.

생전 처음 들어보는 소리였다.

"아가—, 이게 무슨 소리냐?"

불길한 생각이 들어서 이렇게 물었다.

새댁은 한참 후련하게 오줌을 누다가 시아버지의 말씀을 듣고, 그만 자기도 모르게 움찔해서 누던 오줌을 그쳐버렸다. 그러나 소리는 멎었으되 사실 그대로를 말씀드릴 수는 없었다.

"아버님, 소낙비가 오시는가 봐요."

얼결에 생각한 핑계였다. 그야 물론 바께쓰에 올라앉은 채 그대로다.

"소낙비가 오시면 장독 뚜껑을 어서 덮어 놔야지."

혼잣소리로 중얼거리며 노인은 주섬주섬 옷을 입고 뜰 안으로 나왔다.

그러나 이것이 웬일이냐! 달은 떠있지 않을망정, 별이 수없이 반짝이고, 소낙비는커녕 가랑비조차 내릴 것 같지 않은 맑은 날씨였다.

"허, 맑은 하늘에 천둥이 우니 이게 길조란 말이냐, 흉조란 말이냐?"

노인은 밤새 탄식하면서 잠을 이루지 못했다.

이런 일이 있은 후로는 바께쓰가 양바가지가 되고 양바가지가 요강이 돼버렸다. 그래서 보부상이나 행상들이 이 동네 저 동네를 돌아다니며 바께쓰를 팔 때면 으레,

"물 긷는 동이 양바가지 사려, 가벼워서 들고 다니기 좋고, 김치나 깍두기 해 넣기도 좋고, 던져도 깨지지 않아 천 년 만 년 대대손손으로 쓰기 좋은 바께쓰 양바가지 사려. 새 며느리 요강으로도 쓰기 좋은 양요강 사려."

이같이 외치면서 돌아다녔던 것이다.

이러한 바께쓰 행상을 해서 팔자를 고친 사람이 있었으니 그는 황해도 태생인 만수라는 위인이었다.

그는 양반인지 상사람인지 혈통이 뚜렷하지 못한 집안에서 태어났으므로 때와 장소에 따라 양반 노릇도 하고 상사람 노릇도 했다.

가세가 빈한하기 짝이 없는데다가 설상가상으로 조실부모한 탓으

로 글도 못 배웠을 뿐더러 20살이 넘도록 장가도 들지 못해 커다란 덩치에 머리를 칭칭 땋아 늘이고 다녀야만 했다. 그러나 다행히 영리한 편이고 또 부지런하여 동네 사람들에게 인심만은 잃지 않았다.

만수의 유일한 소원은 장가드는 일이었다. 하지만 만수의 형편이 이 모양이고 보니 누구하나 딸을 주려고 하지 않았다.

그러나 마침 같은 동네 부잣집 김좌수에게는 과년한 딸이 있었다. 얌전한 데도 으뜸이요, 인물 또한 으뜸이어서 웬만한 혼처는 거들떠 보지도 않다가 이 모양이 된 것이었다.

만수는 이 김좌수 딸에게 마음을 두었다. 하늘의 별따기보다 어려우리라는 것쯤은 만수 자신도 모르는 바가 아니지만 어떤 수단을 써서라도 꼭 아내로 맞아들이고 싶었다.

'어떤 묘안이 없을까?'

퍽도 오래 심각하게 생각했다.

그러던 어느 날, 만수는 무릎을 치며 빙그레 웃었다. 좋은 묘안이 떠오른 것이다.

만수는 김좌수 댁을 찾아갔다. 초여름이라 한창 농사짓기에 바쁜 때이지만 그에게는 장가드는 일이 가장 급한 일이었다.

김좌수 댁 대문 안에 쑥 들어섰다.

다행히 몇몇 하인들은 모두 농사일로 들에 나간 모양이고 오직 늙은 행랑할아범이 새끼를 꼬다말고 졸고 있을 뿐이었다.

'됐어.'

만수는 거침없이 안대문 안으로 들어섰다. 그리고 처자가 거처하는 방 앞에 가서 가만히 동정을 살폈다.

바스락, 옷감을 매만지는 비단결 소리가 안에서 났다. 그렇다면 분명 처자는 홀로 바느질을 하고 있을 것이다.

만수는 서슴지 않고 처자의 방문을 홱 열고는 다짜고짜로,

"궁?"

하고 외마디 소리를 지르고는 다시 문을 닫고 뛰어나와 버렸다.

너무 순식간에 일어난 일이어서 처자는 어리둥절하여 소리조차 지르지 못했다. 더구나 '궁'이라는 말이 무슨 뜻인지는 더욱 알 까닭이 없었다.

이런 일이 있은 후 만수는 위아래 동네를 돌아다니면서 소문을 퍼뜨렸다.

"나는 우리 동네 김좌수 댁 따님과 궁했다."

묻지도 않은 말을 종일 늘어놓았다.

이 소문은 순식간에 위아래 동네에 퍼졌다. 이름난 김좌수 댁 일이니 모두 모여 앉기만 하면 이 일로 이야기꽃을 피웠다.

"여보게들, 만수가 김좌수 댁 따님과 궁했다니 그게 무슨 소린가?"

"그것도 모르겠나? 만수가 그댁 따님을 건드렸단 말이지 뭔가."

"그게 사실일까?"

"만수가 무식하기는 해도 거짓말은 안 한다네. 만수도 이제 20살

이 넘은 노총각이니 있을 법도 한 일이지."

"김좌수가 만수에게 딸을 줄까?"

"안 주면 별 수 있나? 이왕 이렇게 된 바에야 도리 없지."

소문은 꼬리를 물고 그칠 줄을 몰랐다.

이런 소문이 김좌수의 귀에 안 들어갈 리가 없었다.

"그게 사실이냐?"

화가 난 김좌수는 밤새 딸을 앞에 앉히고 이리저리 추궁했다.

"소녀는 그런 짓을 저지른 일이 없사와요, 아버님."

눈물짓는 딸의 얼굴 모습으로 보아서 설마 그런 짓을 했을 리가 없는 것 같았다. 그렇다면 만수가 꾸며낸 장난임에 틀림없었다.

'당장 그놈을 잡아다가 주리를 틀어라. 어서.'

마음 같아서는 하인들을 시켜 만수를 즉석에서 요절을 내고 싶었으나 요절을 낸다고 해서 사방에 쫙 퍼진 추잡스러운 소문이 없어질 까닭이 없거니와 도리어 꼬리를 물고 더 뒤숭숭해 질 것은 뻔했다. 그렇다고 일일이 동네를 돌아다니면서 변명하는 것도 양반된 체면에 못할 일이었다.

귀여운 딸에 대한 몹쓸 누명을 벗겨주기 위해서 며칠이고 생각한 끝에 고을 관가에 억울한 송사를 내걸었다.

소장을 받아본 고을 원님은 포졸을 시켜 당장 만수와 김좌수, 그리고 김좌수의 딸을 불러들이게 했다.

동헌에 높이 앉은 원님은 머리를 조아리고 엎드려 있는 세 사람에게 동헌이 떠나갈 듯이 호령했다.

"듣거라, 본관이 묻는 말에 너희들이 이실직고하지 않으면 관명을 좇지 않은 죄로 호된 벌을 면치 못하리라. 알겠느냐?"

"예—"

세 사람은 더욱 머리를 숙였다.

"그러면 만수에게 먼저 묻노니, 너는 아무 날 아무 시에 김좌수의 딸이 거처하는 방으로 가서 궁한 사실이 있느냐?"

"그러한 사실이 있사옵니다."

"궁이라 함은 김좌수의 딸과 관계를 맺었단 말이렷다?"

"사또께서 통촉하옵소서."

아뢰는 만수는 끝내 태연하기만 했다.

"다음, 김좌수의 딸에게 묻노니, 아무 날 아무 시에 만수가 너의 방에 와서 궁한 사실이 있느냐?"

"네, 그런 사실은 있사옵니다."

딸의 대답은 다만 만수가 다짜고짜로 자기 방문을 열어젖히고 말로 궁하고 달아나 버린 데 대한 사실만을 뜻하는 것이었다. 그러나 듣기에 따라서는 과년한 규중처자가 춘정을 못 이겨 총각 만수를 불러들여 추잡한 관계를 맺었다는 것으로 들리는 것이었다.

원님의 얼굴빛이 험하게 변해갔다.

"김좌수 들거라. 너는 양반된 체면에 딸 하나를 제대로 가르치지 못하여 혼인 전에 외간 남자를 불러들여 추잡한 일을 하는 것을 미리 막지 못했으니 어버이 된 자로서 큰 잘못이려거니와, 자기의 잘못을 뉘우침이 없이 오히려 관가에 송사를 일으켜 본관에게 번거로움이 있게 하였으니 큰 벌로 다스리는 것이 마땅하나 그대의 사정도 딱하므로 이대로 돌려보내니 좋은 날을 택하여 짝지어 주도록 하라."

"예, 황송하옵니다."

미처 얼굴조차 들지 못하고 떨고만 있던 김좌수는 그대로 딸과 같이 관아에서 물러나왔다.

'원통한 일이로다.'

김좌수는 분이 골수에까지 사무쳤으나 모두 천명이요, 팔자소관이 아닐 수 없었다. 더구나 사또의 분부를 어길 수도 없어 눈물을 머금고 좋은 날을 택하여 딸과 만수를 짝 지어 주었다.

이렇게 해서 큰 부잣집이요, 양반댁인 김좌수의 사위가 된 만수는 처가 덕만 믿고 편안히 호강하지는 않았다.

천성이 강직하고 부지런한 만수는 장인에게서 얼마간의 장사 밑천을 빌려 가지고 행상을 떠났다. 수지가 맞는다는 소문대로 바께쓰 장사를 시작한 것이다.

포도아 사람에게서 좀처럼 안 팔리는 바께쓰를 헐값으로 사서 한 짐 짊어진 만수는 멀고 가까운 큰 동네만 찾아 다녔다.

"천하에 다시없는 귀물 양바가지. 가볍고 깨지지도 않고, 목에다 걸고 다닐 수 있고, 어깨에 메고 다닐 수 있고, 비 오실 때 삿갓 대신 쓰기도 좋고, 술 자실 때 북 대신 장단 맞추기도 좋고, 물 긷고 김치나 깍두기 담그기 좋고, 급하실 때 뒤 보시기 좋은 포도아 양바가지 사려."

이렇게 크게 떠들어댔다.

그러면 대갓집 부인이나 밥술이나 뜨는 집 부인들이 하나 둘씩 사들였다. 포도아 사람에게서 산 값보다 몇 곱절이니, 하루에 한두 개만 팔아도 큰 이익을 보았다.

그러던 어느 날 무거운 짐을 지고 여러 동네를 찾아 다녔으나 웬일인지 단 한 개의 바께쓰도 팔지 못했다. 그래서 그런지 등에 진 짐이 더 무겁기만 했다. 해가 뉘엿뉘엿 서산을 넘으려 할 때, 어느 작지 않은 동네에 들어섰다.

마침 동네 한복판에 고래 등 같은 기와집이 서 있고, 이 집 안팎에는 많은 사람들이 들끓고 있었다. 듣자니 무남독녀 외딸의 데릴사위를 맞는 날이라는 것이다.

온 동네가 이 집을 위해서 있는 듯이 명절이라도 된 것처럼 먹고 마시는 폼이 과연 장관이었다.

'죽으라는 법은 없는 걸…….'

혼잣말로 중얼거리던 만수는 지게를 짊어진 채로 대문 안에 들어섰다. 이런 경사스러운 때가 아니면 어림없는 일이었다.

뜰 안에 들어서자마자 하인 하나가 만수가 내려놓은 지게 짐을 뒤에서 붙들어주기까지 했다. 더구나 방으로 모셔다가 술과 고기와 떡으로 극진히 대접하는 것이었다.

진탕 마시고 먹은 만수는 주인어른을 찾았다. 돈은 줄 수 없지만 팔다 남은 바께쓰 하나라도 주고 후한 대접에 치사하려는 심산에서였다.

"소인은 황해도 태생으로 행상을 업으로 삼고 지내온 사람이온데 뜻밖에 이런 후대를 받사오니 그저 황공하옵니다. 이것은 변변치 않사오나 소인의 정성으로 아시고 받아 주옵소서."

바께쓰 하나를 주인에게 주며 정중히 사례했다.

"원, 별로 대접도 못했는데 이렇게 귀한 것을 주시니 오히려 송구스럽기만 하오."

칠십이 훨씬 넘어 보이는 주인은 바께쓰를 받고 자못 신기하다는 듯이 이리저리 뒤적거리며 만족해하는 눈치였다.

바로 이때, 건넌방 문이 사르르 열리더니 17~18세는 족히 되어 보이는 주인댁 딸이 어른 옆으로 조심히 다가왔다.

신기한 물건이니 보고 싶었던 것이다.

"아버님, 그것이 무엇이어요?"

밉지 않은 얼굴에 엷은 웃음이 깃들어 정말 귀여웠다.

"이것은 저 손님이 주신 것인데 서양사람들이 가져온 바께쓰라는 것이란다."

"네? 바께쓰?"

순간, 고운 눈이 동그래지고 낯빛이 변하는 것을 만수는 놓치지 않았다.

"귀중한 물건이니 네가 가지고 있다가 소용될 때 쓰렴."

"네……."

바께쓰를 받아 들고 자기 방으로 돌아가는 주인댁 딸의 뒷모습을 물끄러미 바라보는 만수의 뇌리에는 웬일인지 불길한 예감이 스치고 지나갔다.

이튿날, 이 댁 사위가 될 신랑과 후행이 말방울 소리도 요란스럽게 들이닥쳤다. 안뜰은 더 한층 소란스러웠고 온종일 왁자지껄하고 떠들어대기가 웬만한 장터는 어림도 없을 정도였다. 그러나 밤이 꽤 깊어지자 사방이 쥐 죽은 듯 고요해졌다.

만수는 군이 권하는 주인의 정성을 마다할 수 없어 종일 서성대다가 새벽녘에야 겨우 자리에 들었다. 막 첫잠이 들었을 때였다.

"쾅—!!"

요란스러운 소리가 뜰 안에서 들렸다.

이 소리에 모두들 깊은 잠에서 깨어났다. 만수는 물론 그것이 자기 지게가 넘어지는 소리임을 잘 알았다.

만수가 나가보려고 윗저고리를 입으려는 순간 다시 시끄러운 소리가 들렸다.

"불이야—, 불이야—!"

여인들의 찢어질 듯한 비명이 새벽하늘을 뒤덮을 듯이 들려 왔다.

온 방안 사람들이 황급히 밖으로 뛰어나갔다. 그러나 벌써 거센 불길이 집을 뒤덮고 다시 신방으로 옮겨 붙기 시작하는 것이었다.

"불이야—, 불이야—!"

남자, 여자 할 것 없이 바가지, 동이, 옹기그릇을 하나씩 들고 물을 끼얹었다. 하지만 그 불길은 조금도 수그러들지가 않았다. 보다 못한 만수는 자기의 지게에서 바께쓰 하나씩을 여러 사람에게 나눠 주고 이것으로 물을 길어다 끼얹게 했다. 과연 그것은 효과가 있었다. 얼마 지나지 않아서 그토록 거세던 불길이 다소 주춤해졌다. 하지만 다시 누군가 외치는 소리가 들렸다.

"살인이야!"

"신랑과 신부가 칼에 맞아 죽었다!"

불을 끄던 모든 사람들은 연거푸 일어나는 험한 사태에 잿빛이 된 얼굴로 마주보기만 했다. 만수는 재빨리 신방으로 달려갔다.

"아!"

그것은 너무나 처참했다. 신랑 신부가 가슴 한복판에 칼을 맞고 쓰러진 방에는 피가 가득 엉겨있고, 괴로움을 이기지 못한 참혹한 얼굴들이 노려보는 몸서리치는 광경이 벌어져 있었다. 만수는 너무 끔찍해서 눈을 감았다. 주인 내외와 여러 친척들의 슬피 우는 통곡 소리는 모인 사람들의 가슴을 에이 게 했고, 뜻하지 않은 참변에 눈물짓게 했다.

얼마 후에 포졸들이 나와서 두 시체를 세밀히 조사하고, 주인 내외는 물론 여러 손님들이며 친척들과 하인에 이르기까지 심문했으나 범인이 누구인지 이렇다 할 단서를 잡지 못했다.

다만 이번 혼인에 원한을 품은 자가 딸과 사위를 한 칼에 찔러 죽이고, 불에 타서 죽은 것처럼 만들기 위해서 불을 질렀다는 데 일치했을 뿐이다.

그렇지만 혹시?

만수의 뇌리에는 뭔가 해결할 수 있는 빛이 비춰지는 것 같았다.

그것은 첫째, 주인 딸이 자기가 준 바께쓰를 움켜쥐고 죽어 있다는 사실이다. 그야 칼을 맞은 괴로움을 이기지 못하여 무의식중에 바께쓰를 움켜잡았으리라고 생각할 수도 있었지만 침구 이외에 여러 가지 물건들이 있는 가운데 하필 바께쓰를 잡았다는 데는 어떤 암시가 있는 것이 아닐까 하는 생각이 들었던 것이다.

둘째, 어제 주인 딸이 처음으로 바께쓰를 받았을 때 몹시 놀라는 얼굴빛을 지은 점이다. 혹시? 무슨 수수께끼가 숨어 있는 것 같은 두 가지 사실 앞에서 만수는 천 갈래 만 갈래 추리를 더듬어 보는 것이었다.

사건이 일어난 지 닷새가 지나고 열흘이 지나도 범인은 나타나지 않았다. 이 동네 저 동네의 젊은 사람들이 관가에 가서 매만 흠뻑 맞고 돌아왔을 뿐, 아직 사건의 실마리조차 잡지 못한 채 여러 날이 지났다.

그러나 만수의 복잡하던 머리는 점점 어렴풋이 줄기를 찾기 시작했다. 확실치는 않더라도 실안개 같은 실마리를 잡은 것만 같았다.

'범인은 양가가 아니면 박가일 거야. 그리고 범인의 이름이 서양 바가지가 아니면 바께쓰와 비슷한 이름이 틀림없어. 그렇지 않으면 주인 딸이 바께쓰라는 이름을 듣고 놀랄 리가 없고, 또 죽을 때 하필이면 바께쓰를 움켜잡을 리가 없어.'

여기까지 생각이 미친 만수는 바께쓰를 지고 슬픔에 잠긴 주인댁을 나섰다.

그는 이미 장사가 목적이 아니었다.

가련한 주인 내외를 위해서 어떻게 해서든지 범인을 찾아 주기 위해서였다.

그는 가까운 동네만을 뺑뺑 돌면서 물건이야 팔리든 말든 다음과 같이 소리치며 다녔다.

"천하에 죽일 놈, 서양바가지 사려. 천하에 몹쓸 놈, 바께쓰 사려!"

쓰기 좋은 것이라면 모르거니와 이처럼 떠들고 돌아다니니 며칠이 지나도 단 한 개도 팔지 못했다. 그것도 먼 동네까지 가는 것이 아니라 주인집을 중심으로 해서 가까운 동네만을 도는 형편이니 팔릴 것을 기대조차 하지 않았다.

"허, 저 사람이 미쳤나 보지."

동네 사람들은 모두 흉을 보았다. 그러나 만수는 그것을 탓하지 않았다.

며칠이 지난 어느 날, 동네 어귀에서 어느 젊은이를 만났다.

그는 만수를 가까운 자기 집으로 끌고 가서 따뜻이 술을 대접해 주는 것이었다.

"제가 바로 박계춘이라는 사람이외다. 노형이 매일 죽일 놈, 몹쓸 놈하고 욕하시는 박계춘이올시다. 서로 다 아는 일이니 새삼스레 이야기한들 무슨 소용이 있겠소. 이제 노형도 그만큼 나를 욕하셨으면 불이 나서 노형이 놀라신 분풀이는 하셨을 것이고, 노형의 뜻이 다른 데 있는 것을 내가 잘 알고 하는 일이니 이 돈 백 냥을 받아 가지고 어서 고향으로 돌아가 주십시오."

박계춘은 이렇게 사정하는 것이었다. 만수가 모든 것을 알고 하는 짓이리라, 이렇게 여긴 모양이었다.

"미안했소이다. 노형이 정히 그러시다면 지금부터 이 장사를 그만두고 집으로 돌아가겠소. 그렇지만 그 돈은 받을 이유가 없으니 안 받겠소."

만수는 굳이 사양하고 박계춘의 집을 나섰다.

만수는 여간 흡족하지가 않았다. 무엇보다도 자기의 추리가 맞아서 주인댁에 보답할 수 있게 된 것이 뛰고 싶도록 좋았다. 역시 자기는 한낱 꾀로써 김좌수의 딸을 가로챈 재사가 아니었던가. 어깨가 으쓱해진 만수는 그 길로 곧 관가로 찾아가 낱낱이 아뢰었다.

천하에 흉악한 박계춘은 포졸의 손에 묶인 몸이 되었다. 그가 자백한 살인 동기와 전말은 대개 다음과 같았다.

박계춘은 원래 농사짓기를 싫어하여 항상 투전으로 소일하고 돈이 생기면 술과 계집으로 탕진해 버렸다. 그러던 어느 날 우연히 길 가에서 자기가 죽인 처녀를 만났다. 비록 첫눈에 반하긴 했지만 불 같은 사랑을 이겨내지 못한 박계춘은 수십 차례 매파를 시켜 청혼을 했다. 그러나 무남독녀 외딸을 가진 부잣집 늙은 내외가 망나니 박 계춘의 청혼을 받아들일 까닭이 없었다.

만수가 힘써 준 덕택으로 범인을 잡게 되었다는 소식을 들은 주인 댁에서는 여간 고마워하지 않았다. 만수의 지게가 아니었다면 사람 들이 깊은 잠에서 빨리 깨어날 수 없었고, 그 바께쓰가 아니었다면 흉악한 범인을 영영 잡지 못했을 것이다.

주인 내외는 만수가 친자식이 되어 같이 살아주기를 간청했으나 만수는 그 청을 거절했다. 다만 금은보화를 허리가 휘어지도록 실어 주는 나귀는 사양하지 않았다.

열여섯 번째 이야기
밑구멍이 뚫린 독에 물을 부어라

오성과 한음은 공부도 잘하지만 장난 역시 보통이 아니었다. 그래서 글방 아이들의 선망의 대상이었다.

'저 애들은 언제나 장난만 하고 있는 것 같은데 어느 틈에 그토록 공부를 열심히 하는 것일까.'

그 글방 선생 역시 그랬다.

"이것 봐라. 항복과 덕형 두 아이들은 척척 알아내는데 너희들은 어째서 모른단 말이냐?"

이렇게 걸핏하면 오성과 한음을 내세워서 비교를 하니 자연 글방 이십여 명의 아이들 중에는 오성과 한음을 은근히 시기하는 눈초리가 있는가 하면 그와는 반대로 그들을 아주 부러운 듯이 쳐다보고 있는 얼굴들도 있었다.

어느 날 오후였다. 그날의 공부가 끝나고 막 밖으로 나오는데 오성과 한음을 부르는 글방 아이가 있었다.

"얘들아."

오성과 한음은 아직도 어린아이라 높은 소프라노의 음성이었지만 이 아이의 음성은 이미 사춘기에 나타나는 변성기를 넘겼는지 굵직한 바리톤의 소리였다.

"왜?"

오성과 한음은 동시에 돌아다보았다. 거기에는 자기들보다 키가 클 뿐만 아니라 나이 역시 두 배쯤은 더 되었을 듯한 점복이라는 아이가 서 있었다.

"우리를 불렀니?"

입을 연 것은 오성이었다.

"그래. 내가 불렀다."

"무슨 일로?"

"좀 할 말이 있다."

"그럼 해봐."

"여기서는 말할 수 없으니 저쪽 조용한 곳으로 가자."

"조용한 곳으로?"

오성과 한음은 똑같이 서로 얼굴을 쳐다보는 것이었다. 좀 불안한 표정이었다. 그도 그럴 것이 아무리 생각해 보아도 점복이가 자기네들에게 조용히 해야 할 말이 있을 이유가 없기 때문이었다.

더구나 상대방이 자기들과 동년배도 아니요, 덩치가 훨씬 더 큰 것을 보니 그런 생각이 안 날 수도 없는 일이었다.

"왜 싫으냐?"

아이들의 표정이 이상해지자 점복이는 싱긋 웃으면서 물었다.

"무슨 말인지 여기서 하면 어때?"

한음의 말이었다.

"아니야, 너희들에게는 암 것도 아닐는지 몰라도 나에겐 중요한 일이다. 좀 조용한 곳으로 가자."

오성과 한음은 서로 얼굴을 쳐다보았다. 어떻하면 좋겠느냐는 무언의 상의일 것이다. 한음이 눈짓을 했다. 가보자는 뜻이라는 것을 오성은 재빨리 알아차렸다.

"그럼 가자."

그들은 마침내 점복이의 뒤를 따라갔다.

'무슨 말일까?'

그러잖아도 자기들이 공부를 잘하고 있는 것에 은근히 질투심을 나타내고 있는 아이들이 많다는 것을 잘 알고 있는 오성과 한음에겐 특히 점복이와 같은 아이가 조용히 보자는 것은 그리 달갑지 않은 일이었다.

점복이는 글방 뒤에 서 있는 커다란 정자나무 밑에서 우뚝 멈춰 섰다.

"애들아!"

점복이의 목소리가 자못 심각했다.

"왜 그래. 우리가 뭐 네게 잘못한 일이라도 있니?"

"아니야, 그런 게 아니야."

"그럼?"

"너희들 내가 무슨 말을 해도 결코 웃지는 않겠지?"

"점복이 너 오늘은 이상한 말만 자꾸 하는구나. 우리가 웃긴 왜 웃니?"

"정말 웃지 않겠지?"

말하기가 매우 난처하다는 듯이 점복이는 몇 번이고 다짐하는 것이었다.

"참, 우리가 왜 웃니?"

"음, 나 말야……."

그래도 점복이는 멋쩍은 듯이 싱거운 웃음을 입가에 실으면서 말끝을 흐렸다.

"참 너도……, 괜찮아."

"얘들아, 너희들은 어떻게 공부를 그토록 잘하니?"

점복이는 드디어 결심한 듯 이렇게 묻는 것이었다.

"아니, 그 말을 물어 보려고 그토록 망설였니?"

오성이 눈을 휘둥그렇게 뜨고서 묻는 것이었다.

"응……."

점복이는 그저 멋쩍은 듯이 웃기만 했다. 실로 웃을 수밖에 없는 노릇이었다.

　‘너희들은 어떻게 그토록 공부를 잘하니?’ 비록 오성과 한음에겐 간단한 물음 같았으나 점복이에게는 실로 어려운 물음이 아닐 수 없었다.

　그야 물론 동년배끼리라면 그쯤의 물음이야 아무렇지도 않은 것이었겠지만 나이가 자기보다 근 십 년이나 어린 아이들에게 그 말을 묻는다는 것은 여간 힘든 일이 아니었다.

　그러나 오성과 한음이 이런 점복의 속셈을 알 리가 없었다.

　"그래 너희들은 무슨 공부하는 비법이라도 있니?"

　점복이는 다시금 이렇게 묻는 것이었다.

　"너도 참. 공부는 열심히 하기만 하면 되는 거지 거기에 무슨 비법이 있겠니?"

　한음이 어이없다는 듯이 대답했다.

　"아니다. 난 아무리 공부를 열심히 해도 도무지 머릿속으로 들어오지 않는구나."

　점복이는 얼굴을 붉혀가면서 말하는 것이었다.

　"그건 말이다….”

　오성이 무슨 말인가를 하려다가 점복이의 눈치를 힐끗 보더니 어물어물 해버리고 말았다.

　"무슨 말이냐?"

　"너 우리가 무슨 말을 하더라도 화내지 않겠니?"

"그럼…. 내가 너희들에게 진정으로 묻고 있는데 왜 화를 내겠
니?"

"그렇다면 덕형아, 네가 점복이에게 한마디 말해 줘."

오성은 한음에게 슬쩍 떠다미는 것이었다. 물론 사양하는 마음에
서였다.

"싫어, 네가 말해."

한음도 역시 사양했다.

'정말 기특한 애들이다.'

자기 잘난 체를 하지 않고 서로 사양을 하며 겸손해 하는 오성과 한
음을 보면서 점복이는 가슴속으로 찡하게 전해오는 그 무엇을 느꼈다.

"그럼 내가 말 할께."

오성은 그제야 한음의 승낙을 얻었다는 듯이 입을 여는 것이었다.

"점복이 너 말야, 밑구멍이 뚫린 독에다가 며칠 간 물을 부어 보
아라. 그럼 공부하는 비법이 자연 느껴질 것이다."

"뭐, 밑구멍이 뚫린 독에다가 물을 부으라고?"

그 소리를 들은 점복이의 눈이 휘둥그레졌다.

"그래!"

오성은 간단히 대답할 뿐이었다.

"설마 날 놀려 주려고 그런 말을 하는 것은 아니겠지?"

점복이는 그래도 이상스럽다는 듯이 다시 물었다.

"너 별말을 다 하는구나. 네가 진심으로 묻는데 내가 널 놀려 줄

생각이 나겠니?"

"음!"

점복이는 심각한 얼굴로 입술만 지그시 깨무는 것이었다.

"그럼 우린 가겠다."

오성은 이제 할 말을 다했다는 듯이 한음의 손을 이끌고 그 자리를 떠났다.

"덕형아."

"왜 그래?"

"점복이가 이제 공부에 눈을 뜬 모양이지?"

"정말 밑구멍이 뚫린 독에다가 점복이가 물을 채울 수 있을까?"

"그건 두고 봐야 알 일이지."

오성과 한음은 이런 말을 주고받으며 집으로 돌아왔다.

그 후 며칠이 지났다. 그간 오성과 한음은 서로들 점복이의 눈치만 보고 있었는데 그날은 오후 공부가 끝나자 갑자기 점복이가 그들을 부르는 것이었다.

"이크, 마침내 소식이 왔구나."

오성과 한음은 서로 얼굴을 마주보면서 눈짓을 하는 것이었다.

"저리 좀 가자."

점복이는 오성과 한음을 데리고 며칠 전의 그 정자나무 밑으로 갔다.

"항복아, 그리고 덕형아!"

점복이의 눈은 빛나고 있었고 표정은 굳어 있었다.

"······?"

오성과 한음은 그저 점복이의 입술만 쳐다보고 있을 뿐이었다.

"너희들은 정말 내 선생님이다."

"그런 말을 하면 우린 갈 테다. 너나 우리나 다 같이 배우는 몸이 아니냐?"

"그렇지만 너희들은 나에게 어떡하면 공부를 할 수 있는가 하는 비법을 가르쳐 준 사람들이란 말이다······."

점복이는 여기에서 잠깐 말을 끊고 오성과 한음의 얼굴을 차례로 쳐다보고 나서 말을 이었다.

"난 처음에 밑구멍이 뚫린 독에다 어떻게 물을 채울 수 있는가 하고 곰곰이 생각했었지. 그러나 너희들이 나에게 결코 거짓말을 한 것 같지가 않아서 한번 해보기로 했단다."

점복이의 말을 들은 오성과 한음의 입술엔 부드러운 웃음이 넘실거리고 있었다.

"그래 물은 채웠니?"

한음이 궁금하다는 듯이 재촉했다.

"가만 있어봐, 내 천천히 말 할께. 그래서 말이다 첫날엔 아무리 밑구멍이 뚫린 독에다 물을 부어도 곧 흘러내리니 어디 반이라도 채울 수가 있겠니?"

"그래서?"

오성 역시 점복이의 말이 신기하고도 재미가 있는 모양이었다.

"한 서너 시경까지 그 일을 계속하다가 지쳐서 그만두고 말았다. 그러나 이왕 시작한 것이라 결심을 단단히 했지. 그 다음날은 초저녁부터 첫닭이 울 때까지 계속 퍼부으니 독에 물이 반쯤 차더구나."

"음, 너도 무척 애를 썼구나."

한음이 고개를 끄덕거렸다.

"그런데 팔이 아파서 더 퍼부을 수가 있어야지. 그래 그날 저녁은 자고 말았다. 그리도 또 그 다음날이었다. 그날은 좀 더 열심히 물을 부었지. 그랬더니 네 시경쯤 되었을 때 과연 구멍 뚫린 독에 물이 차더구나. 그 순간 난 깨달았어. 잊어버리면 잊어버릴수록 더 많이 노력을 하면 결코 잊어버리지 않고 익힐 수 있다고…."

점복이의 얼굴은 어떤 희망에 넘쳐 있었다.

"네가 결국 공부하는 방법을 스스로 터득하게 되었다니 우린 정말 기쁘다."

오성과 한음은 점복이의 한쪽 손을 굳게 잡고서 축하라도 해주는 듯 흔들어 주었다.

"모두 너희들의 덕택이다. 정말 너희들은 내 선생이나 다름이 없다."

점복이의 말에 오성과 한음은 빙그레 웃을 뿐이었다.

이리하여 점복이는 이들의 덕분으로 진사 벼슬까지 하기에 이르렀다.

오늘의 은혜는 결코 잊지 않으리다

칠월의 찌는 듯한 삼복더위 속에서 김선달은 부채질을 활활 하면서 무료함을 달래고 있었다.

'어디로 훌쩍 바람이나 쏘이러 갈까?'

이 생각이 문득 머릿속에 떠오르자 한시도 집에 앉아 있을 수가 없었다, 그러나 막상 길을 떠나려고 생각하니 갈 곳이 선뜻 떠오르지 않아 부채질만 하고 있는 중에 한 가지 좋은 생각이 났다.

'옳지, 황주까지는 백오십 리 길이다.'

웬만한 사람 같으면 이 더위에 오라는 사람이 있어도 엄두를 못낼 텐데 워낙 길 떠나기를 즐기는 봉이 김선달이라 갑자기 떠날 차비를 하는 것이었다.

"어디 가시려우?"

선달의 아내가 남편의 거동을 바라보면서 물었다.

"심심하니 황주엘 다녀와야겠소."

"아니, 이 더위에 그 먼 곳까지 어떻게 가시려우?"

"그야 더우면 흐르는 개울물에 목욕이라도 하면서 가면되지 뭐가 걱정이오. 가서 홍초시한테 시원한 매실주나 얻어먹고 오리다."

김선달은 더위를 피하기 위해 갓 대신에 커다란 삿갓을 쓰고서 길을 나섰다.

"아니 여보, 노자는 안 가지고 가셔요?"

마누라가 걱정스럽게 말했다.

"당신은 날 어떻게 보는 거요? 언제는 내가 노자를 가지고 다녔소?"

"그땐 집안에 돈이 없었으니까 그랬지만 지금이야 사정이 달라졌잖아요?"

"걱정 말아요. 먹고 싶으면 먹고, 마시고 싶으면 마시는 수가 있으니까."

김선달은 이렇게 말하고 훌쩍 사립문 밖으로 나왔다.

칠월의 뜨거운 햇볕에 달아오른 거리는 몇 발자국 걷기가 무섭게 후끈후끈 발바닥을 뜨겁게 했다. 그러나 봉이 김선달은 홍초시가 땅속에 삼 년째 꼭꼭 파묻어 두었다는 매실주의 새콤한 술맛에 벌써부터 침이 흘러 입술을 적시면서 동문을 나섰다.

봉이 김선달은 대동강을 건넌 후, 줄곧 황주를 향해 걸었다. 해는 정오를 넘어서자 바야흐로 뜨거운 불볕을 퍼붓기 시작했다. 더위로 헉헉 차오르는 숨결을 내뿜으면서 바싹 말라붙기 시작하는 입술을 혀끝으로 몇 번이나 적시곤 했으나 차츰 갈증을 참기 어려웠다.

'허어, 이거 막걸리 생각이 간절하구나. 어디 주막이라도 없을까?'

그러나 다음 순간, 자기의 주머니 속에는 엽전 한 닢도 들어 있지 않음을 생각하니 아침에 집을 나설 때 노자를 가지고 가라던 마누라 말이 새삼 아쉽게 귓전을 울리는 것이었다.

'에라, 언제 이 봉이 김선달이가 노자를 가지고 다녔더냐?'

그는 자신의 배짱만을 믿고서 터벅터벅 길을 걸어갔다. 정오가 지나니 이젠 목이 마른 것은 고사하고 배까지 고프기 시작했다.

'흠, 이거 안 되겠구나. 비상수단을 써야겠는걸.'

마침내 그는 타고난 천성으로 지혜를 짜내기 시작했다. 술을 얻어 먹으러 나섰지 고생을 하기 위해 나선 봉이 김선달이 아니다. 그래서 배가 고프고 목이 마르면 자연 술과 밥을 먹을 궁리를 할 수밖에 없었다. 그러나 무턱대고 남의 주막에 들어가서 술과 밥을 내놓으라는, 그런 무모한 짓은 하지 않았다. 언제나 그럴듯한 대의명분을 만들어서 점잖게 볼 일을 보고 가는 김선달이었다. 그야말로 무더위와 배고픔 속에서 터벅터벅 십 리 길을 더 걸어가니 비스듬한 산길 아래로 마을이 보였다. 그 마을에는 필시 주막이 있을 것이다. 그러나 돈이 없었다.

'어떡한다?'

봉이 김선달은 고개 마루턱에서 지친 다리를 잠시 쉬면서 이 궁리 저 궁리를 했다.

'도저히 굶을 수 없는 노릇이고….'

생각하면 딱한 노릇이었다. 그때 봉이 김선달의 눈에 고개 밑으로 난 물줄기에서 흘러내려 오는 개울물이 커다랗게 웅덩이를 이루고 있는 것이 보였다.

'음'

그 순간 봉이 김선달의 입에서는 야릇한 신음소리가 새어 나오면서 그 어떤 묘책이 머릿속으로 번쩍 떠오르는 것이었다.

"그러면 그렇지. 이 김선달이가 굶을 리야 있겠는가."

그는 커다랗게 소리를 지르면서 날아갈 듯이 웅덩이로 달려갔다. 산 계곡에서 옥루같이 맑은 물이 흘러내려 모인 웅덩이는 가만히 서서 들여다보면 수정알처럼 저 밑바닥까지 훤히 보였다. 봉이 김선달은 우선 목욕부터 할 셈인지 옷을 훌훌 벗어 버리고 물속으로 뛰어들었다.

"시원하다."

대동강에서 잔뼈가 굵은 김선달이라 수영에도 익숙해서 이리저리 개구리헤엄으로 팔다리를 움직여 가며 물속을 헤엄쳐 다니는 동안 목마름도 배고픔도 씻은 듯이 사라져 버렸다.

"여름날에는 뭐니 뭐니 해도 물속이 제일이야."

김선달은 물속에서 고개를 젖히고 하늘을 올려다보았다. 뜨거운 햇살이 마치 송곳처럼 찌르듯이 퍼붓고 있었지만 물속은 그저 시원하기만 했다.

'어허, 이대로 한숨 잤으면 좋겠다.'

김선달이 이렇게 생각하고 있는데 그의 귓전에 벌써부터 기다리고 있던 소리가 들렸다. 그것은 분명히 사람의 발자국 소리였다.

"이크, 이제야 구세주가 나타났구나."

봉이 김선달은 이렇게 중얼거리더니 갑자기 물에 빠진 사람처럼 허우적거리기 시작했다. 물속으로 고개가 들어갔다 나왔다 하는 모습이 꼭 물에 빠진 사람처럼 보였다.

드디어 고갯길을 올라오던 나그네의 발자국 소리가 가까워졌다. 나이는 한 사십이나 되었을까, 차림새가 돈푼이나 있어 보이는 점잖은 나그네였다. 나그네는 웅덩이에 사람이 빠져서 허우적거리고 있는 것도 모르고 흐르는 땀을 씻어가면서 비탈길을 올라오다가, 돌연 첨벙거리는 물소리를 듣고서 발길을 멈추는 것이었다.

"?"

나그네의 두 눈이 그 순간 휘둥그레졌다. 분명히 한 사나이가 지금 물에 빠져서 허우적거리고 있었다. 물 위에 들락날락하는 품이 이제는 지쳐서 영 물속으로 가라앉고 말 것만 같아 나그네는 되는대로 옷을 벗어던지고 물속으로 첨벙 뛰어들었다. 낯선 나그네의 부축으로 물 밖으로 끌려나온 김선달은 사지를 쭉 뻗고 누워 버렸다.

두 사나이가 똑같이 실오라기 하나 걸치지 않은 알몸뚱이였지만 부끄러움을 따질 때가 아니었다.

나그네는 김선달의 사지를 주무르기 시작했다. 얼마나 시간이 지났을까 의식을 잃고 있던 김선달의 몸뚱이가 꿈틀 움직이기 시작했다.

"여보, 정신 차리시오!"

"……"

그러나 아직도 정신이 덜 깼는지 아무런 말이 없었다.

"여보, 정신을 좀 차리란 말이오."

나그네는 힘껏 김선달의 몸을 흔들었다.

"으응!"

"여보, 정신이 드오?"

"아, 이곳이 어디 옵니까?"

김선달은 나그네를 쳐다보며 겨우 입을 열었다.

"당신이 빠진 웅덩이지 어디겠소."

"혹시 저승이 아니 옵니까?"

"아니, 이 분이 아직도 정신이 오락가락하는 모양이군."

나그네는 어이가 없다는 듯 코웃음을 쳤다.

"내 듣기로 저승의 사자는 얼굴에 뿔이 돋았고 울긋불긋 옷에 방망이를 들고 있다던데 당신은 벌거벗고 있으니 귀신이오, 사람이오?"

김선달의 말에 나그네는 그저 어안이 벙벙했다.

"여보, 똑똑히 보시오. 난 당신을 건져 준 나그네란 말이오. 내 참….

"뭐라고요? 그럼 내가 죽지 않았단 말이군요."

그제야 김선달은 완전히 한시름 놓았는데,

"이렇게 재수 없이 살아나다니 얄궂구나, 이놈의 팔자야."

자기를 살려 준 사람에게 고맙다는 인사는커녕 오히려 살아난 것을 한탄하니 도대체 무슨 사람이 이런가 하고 나그네는 그저 물끄러미 봉이 김선달을 바라보고만 있을 뿐이었다.

"아니 여보시오, 내 보따리 못 보았소?"

봉이 김선달은 자기 옷을 들추어 보다가 소스라치게 놀란 듯이 나그네를 보고 물었다.

"보따리라뇨?"

나그네는 도대체 영문을 알 수 없어 이렇게 반문했다.

"아까 옷을 벗어 놓고 그 옆에 보따리를 두었는데 갑자기 없어졌으니 누가 가져갔단 말이오."

"글쎄, 난 못 보았소."

나그네는 어이가 없는지 얼굴만 붉히고 있었다.

"여보, 도대체 내 보따리 어디다 두었소? 어디다 숨겨두었느냔 말이오."

봉이 김선달은 엉엉 울며 발을 동동 굴렀다.

"아니 이 분이 지금….."

어물어물하고 있다가 틀림없이 도둑놈으로 몰릴 판이었다. 나그네는 옷 입을 생각도 않고 그저 넋을 놓고 있었다. 물에 빠진 놈을 건져 주면 보따리를 내놓으라고 한다더니, 세상에 이런 기가 막힌 일이 또 있는가.

"이 분이고 저 분이고, 날 살려 주었으면 내 보따리도 내놓아야 할 게 아니오. 사람만 살리고 보따리는 주지 않으니, 잘하고도 원망들을 일이 아니란 말이오?"

"허허, 이 양반이…. 난 당신의 보따리는커녕 담배쌈지도 못 보았소. 괜히 생사람 잡지 마오."

이 소리를 들은 봉이 김선달은 그만 대성통곡을 하는 것이었다.

"에구, 나는 이제 완전히 죽었구나. 어느 놈이 내 보따리를 가져갔단 말이냐. 애고애고, 이젠 고향에 돌아갈 노자마저 도둑맞았으니 죽을 수밖에 없구나. 여보슈, 날 말리지 마슈."

봉이 김선달은 말릴 틈도 없이 다시 물에 뛰어들었다.

"아니, 저 사람이…."

나그네는 불에 덴 사람처럼 놀라서 김선달의 뒤를 따라 물속으로 뛰어들었다.

"날 말리지 말아요."

김선달은 허우적거리면서도 고함을 쳤다.

"여보, 당신이 어떤 처지에 놓여 있는지는 모르나 좌우간 살고 봐야 할 게 아니오?"

나그네는 발버둥치는 김선달을 꽉 붙잡고 물가로 나왔다.

"도대체 왜 날 이처럼 괴롭히시오?"

"여보시오. 보아하니 아직도 앞길이 창창하신 분인데 무엇 때문에 죽으려 하는 거요?"

나그네는 김선달이 또다시 물속으로 뛰어들까봐, 그의 어깨를 부둥켜안고 사정조로 물었다.

"아휴, 내 팔자야, 죽는 것도 마음대로 되지 않는구나."

김선달은 한숨을 길게 내쉰 후에 청승맞은 넋두리까지 시작했다.

"글쎄, 이놈의 말 좀 들어보시오. 난 여기서 백리나 떨어져 있는 황주에 사는 사람인데, 며칠 전 평양으로 소를 팔러 가지 않았겠소. 집안에 재산이라고는 황소 한 마리뿐인데, 아들놈의 혼주 준비를 하느라고 어쩔 수 없이 팔고 말았소. 소가 워낙 좋아서 육십 냥을 받았지요. 그래서 사십 냥은 아들의 혼수감을 사고, 남은 이십 냥은 꼭꼭 싸서 보따리 속에 넣어 두지 않았겠소. 아이구 이놈의 팔자야, 그런데 어느 주막집에서 술을 한잔 하는 틈에 그 혼수보따리를 몽땅 도둑맞았지 뭡니까? 눈 감으면 코 베가는 세상입니다. 그래서 별 수 없이 이십 냥만 가지고 터덜터덜 걸어오는데 이 고개 마루턱에 이르러 하도 기가 막히고 앞일이 캄캄해서 그만 죽으려고 했었지요. 아이구 그런데 이젠 그 이십 냥마저 잃어 버렸으니 정말 죽어야겠습니다."

봉이 김선달의 한탄을 들으니 나그네의 마음속에는 동정심이 샘솟았다.

"듣고 보니 과연 딱한 사정이구려. 그러나 사람이 살고 봐야지 죽어서야 쓰겠소. 내가 길을 가다 당신을 만난 것도 전생의 인연인데 그냥 지나칠 수가 없구려. 자, 내게 스물다섯 냥이 있으니 아쉬운 대로 가지고 가서 쓰구려. 그리고 아예 죽을 생각일랑 마시오."

나그네는 자기 옷을 뒤적거리더니 스물다섯 냥을 김선달의 손에 쥐어주었다.

"아이구, 이거 어디에 사시는 선비인 줄은 모르나, 제 생명까지 구해주시고 이처럼 돈까지 주시니 그 은혜 백골난망이로소이다."

김선달은 말을 마치기가 바쁘게 옷을 주워 입었다.

"안녕히 가십시오. 저는 봉이 김선달이라는 사람이올시다."

옷을 다 입고 난 김선달은 빙긋 웃으면서 자기소개를 했다.

"네, 당신이 봉이 김선달?"

봉이 김선달이라는 말에 나그네는 안색이 싹 변했다.

비록 얼굴은 처음 보지만 그 이름만은 오래 전부터 익히 들어 알고 있었다.

"왜 그리 놀라시오. 오늘의 은혜는 결코 잊지 않으리다."

김선달은 이 말을 남겨 놓고 의젓하게 고갯길을 내려가기 시작했다.

고개 아래 주막집의 막걸리 생각에 미리부터 침을 삼키면서….

'속았구나!'

고개 위에서 멍하니 김선달의 뒷모습을 바라보고 있던 나그네는
뒤늦게 후회했지만 별 수 없는 일이었다. 잠시 후에 고갯길에는 아
무 일도 없었다는 듯이 흰 구름만 유유히 넘나들고 있을 뿐이었다.